Still with ME

Couverture : Hachette Romans Studio
Photo de couverture : © LilacHome/Shutterstock.

Traduit de l'anglais (États-Unis) par Brigitte Hébert.

L'édition originale de cet ouvrage a paru en langue anglaise sur Wattpad sous le même titre.

The author is represented by Wattpad.

Hachette Livre, 58 rue Jean Bleuzen, 92170 Vanves.

JESSICA CUNSOLO

alias AVA VIOLET

Still with ME

Traduit de l'anglais (États-Unis) par
Brigitte Hébert

hachette
ROMANS

À mon père, Bruno Cunsolo.
Merci pour ton soutien indéfectible,
toi qui as toujours pensé qu'il n'y avait aucune
limite à ce que je pouvais accomplir.

PROLOGUE

Quand j'étais à l'école, je pensais qu'être normale, devenir quelqu'un de normal plus tard, était ce qui pouvait m'arriver de pire. Un jour, la maîtresse nous avait demandé d'imaginer notre avenir et de choisir un métier dans une liste qu'elle avait établie. Aucun ne m'intéressait, je m'étais rabattue sur médecin. Une fois à la maison, j'avais expliqué à mes parents que je ne voulais pas plus devenir docteure qu'avocate ou enseignante, mais être plutôt coiffeuse de gorilles, jongleuse et joueuse de ukulélé dans un groupe qui ne se produirait jamais deux fois dans la même ville.

Mon père avait tenté de me raisonner, les gorilles ne vont pas chez le coiffeur, je n'avais jamais jonglé ni touché à un ukulélé, les groupes itinérants n'intéressaient personne, etc. Puis, il m'avait sorti son argument ultime : ce n'était pas une vie normale. Du haut de mes six (ou sept) ans, j'avais répondu que devenir normale c'était nul, que je voulais vivre plein d'aventures, même si ça devait me compliquer la vie.

Aujourd'hui, je me donnerais des gifles si ça pouvait aider à effacer ces mots. L'ironie, c'est que mon père qui me souhaitait une vie normale est aussi celui qui a déclenché la chaîne d'événements ayant fait voler mon existence en éclats.

Deux hommes ont tenté de m'assassiner au cours de l'année passée. D'abord Tony, un vrai psychopathe. J'ai déménagé trois fois et changé d'identité pour me protéger en m'éloignant de lui. Puis Andrew Kessler, le père biologique d'Aiden, mon copain. Kessler est un homme impitoyable qui n'a pas hésité à payer un tueur à gages pour adresser un message à son fils dont il est séparé depuis des années. Aiden avait menacé son père de dénoncer son passé de pourri, ce qui aurait ruiné ses chances d'être élu gouverneur.

Parmi mes galères, il y a aussi ma mère qui a une liaison avec le père de Mason, un de mes meilleurs amis et je ne sais toujours pas comment lui en parler. Un autre problème concerne Mason qui est amoureux de moi, mais je préfère ne pas aborder ce sujet.

Luke, le demi-frère d'Anna, va être jugé pour l'assassinat du beau-père d'Aiden, un crime qu'il ne se rappelle pas avoir commis tellement il avait bu.

Anna craque parce qu'elle ne supporte pas l'idée d'être séparée de lui.

Depuis que Chase a trouvé Noah au lit avec Charlotte (l'amour de sa vie), c'est la guerre entre les deux amis. Et Charlotte ne sait plus où elle en est avec eux.

Je me suis disloqué le majeur (mon doigt préféré !) en défonçant la tronche de Ryan, l'ex-demi-frère d'Aiden. Mon nez est enflé depuis qu'il a rencontré le coude de Mason et j'ai le corps couvert de bleus à cause de la tentative d'assassinat du père d'Aiden.

Pour noircir encore le tableau, je serai bientôt relocalisée quand les agents affectés à mon dossier auront finalisé nos nouvelles identités, à ma mère et moi. King City est pourtant le seul endroit où je me sens comme à la maison, où j'ai des amis et un garçon que j'aime. Aiden connaît mon histoire. J'ai décidé d'enfreindre une règle pour ne pas avoir à l'abandonner : l'interdiction de contacter quelqu'un de mon ancienne vie. Ni ma mère ni les agents ne le sauront, je me jure d'être très prudente. Quand ce sera le moment de partir, je n'aurai pas l'impression qu'on m'arrache le cœur, je resterai avec Aiden.

Mais pour l'instant, j'y vis toujours, avec Kaitlyn et Ryan qui me pourrissent aussi la vie, mes amis qui pataugent dans leurs propres drames et deux hommes qui cherchent à me tuer.

Super.

Julian est le seul de notre groupe à ne pas être affecté, mais vu qu'il traîne souvent avec nous…

Après l'accident provoqué par Harvey, le bras droit d'Andrew, Aiden et Mason ont raconté la vérité, en omettant juste de nous mentionner, Julian et moi. C'était convaincant. Harvey avait réussi à s'échapper, mais les policiers ont comparé les empreintes relevées sur le couteau qu'il a tenu sous la gorge d'Aiden à celles de leur fichier. Harvey Vedenin a pu être arrêté peu après. Le fait qu'il soit associé et garde du corps d'Andrew Kessler a renforcé la validité de l'histoire d'Aiden, même si, pour l'instant, il n'y a toujours aucune preuve que Kessler soit derrière les actions de Harvey… nous, on connaît la vérité.

Aiden et Mason sont restés à la maison de la plage une semaine de plus, alors que nous autres sommes rentrés à King City. Jason et Jackson, les petits frères d'Aiden, sont chez Mason. Ils ne sont pas sortis depuis, moi non plus d'ailleurs… Même si je ne peux pas me permettre de manquer les cours, c'est difficile de prétendre que tout va bien alors que c'est le contraire.

Aiden a fini par parler à Vivienne Henfrey, la journaliste qui avait fait savoir qu'elle détestait Kessler et qui avait supplié Aiden de passer à l'antenne. Pendant l'émission, mon cœur explosait de fierté devant le beau visage d'Aiden, déterminé, alors qu'il livrait une partie de sa vie, celle qu'il avait toujours préféré enfouir et que même son subconscient ignorait. Je sais à quel point ça a été difficile pour lui, mais il a gardé son sang-froid en racontant qu'il était le fils d'Andrew Kessler, que son père était parti lorsque sa mère était malade et enceinte de ses petits frères, et qu'il n'avait jamais essayé de recontacter ses enfants après la mort de leur mère.

C'était le même Aiden que d'habitude – froid, stoïque, d'une beauté à se damner –, encore plus intimidant avec sa mâchoire contusionnée et ses points de suture sur le front. Toutes les filles qui l'ont vu à la télé sont tombées raides dingues de lui. C'est le problème avec Aiden, il a cette présence, ce charme, même derrière une caméra, même lorsqu'il n'essaie pas, et ça agit sur les gens : ils l'aiment immédiatement, veulent être aimés en retour alors que tout en Aiden crie « lâchez-moi les baskets ».

Grâce au travail de Vivienne et à quelques photos de famille, l'histoire d'Aiden a démoli la réputation de Kessler, sa façade de bon père de famille. Vivienne a prouvé qu'il était le plus grand hypocrite de la planète, un être abject qui ne se soucie pas de son prochain et qui ne vit pas selon les préceptes qu'il prône dans sa campagne électorale. Kessler a nié en bloc, son équipe s'est attelée à reconstruire l'édifice, car monsieur n'a pas l'intention d'abandonner l'élection au poste de gouverneur. Nous étions ensemble pour écouter l'interview de Kessler.

— Il ne va pas se remettre d'un truc pareil. C'est obligé que les électeurs se rendent compte de son hypocrisie. Ce mec est un gros menteur. Qui peut encore avoir envie de voter pour lui ? commentait Charlotte.

— On ne sait jamais, répondit Anna. Des mecs pires que lui ont été élus à des postes bien plus élevés…

Ça nous a fichu un coup au moral parce que c'est vrai, mais au moins, tous les projecteurs sont maintenant braqués sur Andrew, il n'osera plus s'en prendre à moi ou à Aiden avant un bon moment.

Croisons les doigts.

CHAPITRE 1

J'ai souvent vu mon visage ou mon corps écorchés, pourtant je ne m'y suis jamais habituée. Cela fait maintenant dix jours qu'Aiden et moi avons eu notre accident de voiture, mais l'ecchymose de ma joue tarde à guérir, à croire que la plaie se moque de moi. Mon nez a repris sa forme, mais je reste couverte de bleus. Chaque coup d'œil dans le miroir me rappelle Harvey et Andrew et leur acharnement à essayer de me tuer.

Makayla, la meilleure amie de cette peste de Kaitlyn, m'a aperçue au drugstore. Elle s'est empressée d'aller raconter partout que je me cachais à cause d'une opération de chirurgie esthétique ratée. Charlotte l'a entendue. Ce qui veut dire que je serai détaillée de la tête aux pieds aujourd'hui. Ce sera pire pour Aiden… Mon copain ne se livre pas facilement. Cela relevait du miracle quand il me confiait un détail sur lui. Alors si un troupeau d'adolescents stupides l'observe ouvertement, je sais d'avance qu'il n'appréciera pas du tout.

Aiden et Mason sont rentrés la nuit dernière, on doit se retrouver au lycée. Aiden m'a beaucoup manqué. Je suis à la fois folle de joie à l'idée de le revoir et transie de peur à cause du compte à rebours jusqu'à mon départ. J'essaye de ne pas trop y penser, je refuse de perdre une seconde de ce que j'ai à vivre ici. Ce qui me stresse, c'est de ne pas savoir combien de temps il me reste à King City. J'ai l'intention d'en profiter au maximum malgré les potins.

À peine arrivée au lycée, je sens déjà le regard des curieux. Pour me calmer, je triture le collier que m'a offert Aiden à Noël. C'est un bijou très particulier, équipé d'un poussoir pour dégager une petite lame et se défendre en cas de danger. Le porter en classe n'est pas forcément nécessaire, mais sa présence me rassure… Et comme Aiden l'a choisi, il compte beaucoup pour moi. Si je l'avais porté le fameux jour de l'entretien avec Vivienne Henfrey, tout aurait été différent, nous n'aurions peut-être pas eu d'accident… Bref, je ne le quitte plus, il est suffisamment discret pour ne pas attirer l'attention ou bien je le cache sous mon col.

Je retrouve Anna dans le hall d'entrée. On avance la tête haute. Elle fusille du regard ceux qui se montrent trop insistants. Si je n'étais pas son amie, je serais terrifiée ! On tourne à l'angle pour que je passe à mon casier… Surprise ! Aiden est là, bras croisés, plein d'assurance. Une certaine quiétude me gagne, mes soucis s'envolent d'un coup.

— Comment va ton nez ? me demande-t-il.

Il est romantique, n'est-ce pas ?!

— Mieux que le tien, je crois !

Quand il me serre dans ses bras, je fonds comme une guimauve. FaceTime ne remplacera jamais ça : entendre son cœur qui bat, sentir son menton posé sur le haut de mon crâne et la chaleur de son corps contre le mien.

— Tu vas bien ? murmure-t-il à mon oreille.

Croyez-moi, partager un événement traumatisant rapproche deux personnes. Nous nous sommes sauvés mutuellement. Quand Harvey a pointé son revolver sur moi puis appuyé sur la détente, c'est Aiden qui a dévié le coup. Et quand le couteau de Harvey était sur le point de trancher la gorge de mon copain, c'est grâce à moi que le pire a été évité. Je bénis le ciel d'avoir su tenir une arme et viser juste ce jour-là.

— Oui, et toi ? je demande à mon tour.

— Mieux, maintenant.

Mon cœur fait une embardée. Je me souviens de cette autre fois où il a prononcé les mêmes mots. On avait été séparés par les flics qui avaient débarqué sur la piste de courses automobiles. Cela semble loin derrière nous, pourtant c'était il y a juste un mois.

— Allô, ici la Terre ! lance Anna.

Oups !

On éclate de rire, je m'écarte d'Aiden.

— Salut, Aiden, ravie de te voir en forme ! lance-t-elle.

Noah et Julian nous rejoignent.

— Ah ! Ah ! J'étais sûr de te trouver là ! plaisante Julian en me lançant un petit coup d'œil.

— Ouais, parce que monsieur ne répond jamais aux textos, bougonne Noah en balançant une grande tape dans le dos d'Aiden.

— Comment vont les jumeaux ? intervient Anna. Tu leur as expliqué ?

— Pas en détail. Comme pour la mort de Greg dans notre jardin. Mais ils savent qui est Andrew Kessler… Heureusement, Brian, Natalia et Mason se sont occupés d'eux. Ils ont repris l'école aujourd'hui.

Brian, le père de Mason, s'est proposé comme tuteur légal des trois frères quand Aiden a été arrêté. Dès qu'il aura dix-huit ans (à la fin de la semaine), Aiden demandera à devenir leur tuteur, mais en attendant Brian aura été d'une grande aide.

La sonnerie annonce le début des cours, Aiden me prend la main.

— Arrangez-vous pour être libres vendredi soir ! lance Noah.

— Je t'ai déjà dit que je ne voulais rien pour mon anniv, soupire Aiden, apparemment déjà au courant.

— N'importe quoi, dix-huit ans, ça se fête. Je m'occupe de tout, mec, t'as juste à te pointer chez moi.

— Euh, Noah, la dernière fois que tu as organisé une soirée, tu as fini à l'hôpital, je lui rappelle.

— On ne va pas s'arrêter de vivre, Aiden soufflera ses bougies, c'est mérité… et ce sera une fiesta d'enfer !

Résigné, Aiden lève les yeux au ciel, Noah bondit en l'air, trop content. Je suis assez d'accord avec lui : la vie est pleine d'imprévus heureux et malheureux (surtout dans la mienne), mais ce n'est pas une raison pour tout arrêter. J'irai jusqu'au bout de cette année de terminale et j'aurai une vie normale, c'est ma résolution de rentrée. Je profiterai à fond de mes derniers jours à King City avec mes amis.

— Tu as cours de quoi déjà ? me demande Aiden. Histoire et maths ?

— Anglais et maths, pourquoi ?

— Il y a des maths à préparer, dit-il, les yeux pétillants. Rejoins-moi après l'anglais, on révisera quelque part ! Tu choisis l'endroit.

Seule avec Aiden, inutile de me le dire deux fois !

— En mangeant des pancakes ?

— Ça marche !

Il dépose un baiser sur mon front, ce que je trouve presque plus intime que s'il avait embrassé mes lèvres, puis il s'en va avec Julian. Anna, Noah et moi avons cours en 341, la salle où tout a commencé.

— J'en ai marre de tenir la chandelle, grogne Noah en chemin. Faut que je me trouve une amoureuse, vous avez des idées ?

— Kaitlyn, dit Anna.

Je lui lance un regard assassin, Noah grogne encore plus fort.

— Kaitlyn arrive, rectifie Anna, en levant les yeux au ciel.

Exact, Maléfique en chair et en os s'avance vers nous. Je la sens démangée par l'envie de me provoquer. Makayla, son âme damnée, l'accompagne. Ignorant Noah et Anna, les deux me bloquent le passage, croisent les bras au même moment comme dans une danse synchronisée. Kaitlyn est égale à elle-même, regard bleu acier et rictus pincé aux lèvres.

— Je croyais que la chirurgie esthétique améliorait la tête des gens, crache-t-elle.

C'est reparti.

— Si j'étais toi, j'intenterais un procès à celui qui tenait le bistouri, je réponds du tac au tac.

— N'importe quoi, son chirurgien a fait un excellent travail, s'exclame Makayla, croyant défendre sa copine.

— Idiote, je n'ai jamais fait de chirurgie esthétique, maugrée Kaitlyn entre ses dents. Et toi, Amelia, tu devrais regarder ta tronche cassée dans un miroir.

— Ma tronche plaît beaucoup à ton ex, si tu veux savoir.

Boum.

Et toc.

Je ne lui ai pas piqué Aiden, mais ça fait du bien de la remettre à sa place. *Oooh*, Kaitlyn semble faire un effort pour garder son calme, résolution de rentrée sûrement ! Anna est pliée de rire et Noah jubile.

— Ryan est dix fois mieux qu'Aiden.

Ben voyons.

— Bye, Kaitlyn. Le prof m'attend.

— Je te déteste depuis le premier jour. Arrête de jouer la queen, Amelia. Ici, t'es chez moi, dans mon lycée, articule-t-elle, en approchant son visage à quelques centimètres du mien.

Je m'oblige à rester immobile. D'aussi près, je remarque ses cernes dissimulés sous une couche de fond de teint.

— Tu nous caches quelque chose, Ryan en est persuadé et je suis d'accord avec lui, reprend-elle. Andrew Kessler va démolir Aiden, et nous, on démolira ta vie de petite garce. Les secrets ne durent jamais.

Elle approche encore, mais cette fois-ci, je recule d'un pas et ne trouve aucune repartie. Kaitlyn a vraiment changé depuis qu'elle traîne avec Ryan : je la trouve plus calculatrice et posée. Elle est aussi plus menaçante. Noah a dû sentir mon trouble car il s'interpose.

— Ça suffit, Kaitlyn.

— Hé, je n'ai rien fait de mal, reprend-elle. Et je n'ai pas un frère assassin, moi.

Oh non, pas ça.

— Quoi ? bondit Anna.

— Ryan dit que Luke Montley va moisir en prison pour le meurtre de son père qui était venu rendre visite à ta famille de dégénérés, claironne Kaitlyn dans le couloir.

Anna et Luke ne portent pas le même nom de famille, alors quand la nouvelle est sortie dans les journaux, personne n'a fait le lien entre le frère et la sœur. Leur relation n'est pas excellente, mais on sait tous qu'Anna est très affectée.

— Ton frère prend son pied en tuant des innocents et tu aimes ça, n'est-ce pas ? continue cette dingue de Kaitlyn.

Je ne peux la laisser continuer d'insulter mon amie.

— Arrête, Kaitlyn. Ce n'est pas parce que ta mère est proviseure que tu es intouchable. Je te jure que tu me trouveras sur ton chemin si tu vas trop loin.

— Je n'invente rien, je dis juste la vérité, répond-elle froidement.

Anna s'avance à son tour. Toutes les fibres de son corps sont prêtes à bondir.

— Si je t'entends encore parler de ma famille, je te jure que la chirurgie esthétique ne pourra plus rien pour toi.

J'en ai froid dans le dos rien que de l'entendre, alors que Kaitlyn affiche toujours un sourire serein – les menaces d'Anna glissent sur sa carapace.

— Reste dans ton quartier pourri et il n'y aura pas de problème, lâche Kaitlyn.

Puis elle tourne les talons, écarte de son chemin un garçon de seconde. Malayka la suit comme un toutou.

— Wouah, la sorcière a bouffé des amphétamines au petit déj, s'exclame Noah.

Je n'entends pas la réponse d'Anna, mon esprit est en boucle sur une petite phrase : *les secrets ne durent jamais*.

Quand je pense que, il y a encore cinq minutes, je me délectais de balancer des insultes à Kaitlyn comme au bon vieux temps, convaincue que la routine reprenait. Erreur. Kaitlyn aurait-elle des infos ? En découvrant mon secret, elle risque de tomber dans un guêpier qui la dépasse totalement.

CHAPITRE 2

Après cette joute matinale, je suis incapable de me concentrer. Je n'ai pas toujours apprécié ce lycée, mais maintenant que je vais devoir le quitter, je sais qu'il va me manquer. Tout va me manquer. La sonnerie stridente, la couleur des casiers, les graffitis, et surtout Aiden que je repère après le cours d'anglais et qui m'attend au bout du couloir.

— Tu es venue en voiture ? me demande-t-il.

— Non, ma mère m'a déposée.

— Je te ramène.

— Tu as déjà ta nouvelle voiture ?

Son superbe Challenger est parti à la casse après la sortie de route provoquée par Harvey.

— Non, pas avant une ou deux semaines. J'en ai loué une.

Une voiture de location ? Je me demande bien ce qu'Aiden a pu choisir. Monsieur est exigeant, il lui faut de la vitesse et une belle ligne ! On se dirige vers le parking du lycée.

— Elle est où ?

Aiden finit par s'arrêter devant… un utilitaire pour déménagement. J'éclate de rire.

— Trop drôle ! Le champion des circuits de courses au volant d'une fourgonnette !

— Je sais, ils n'avaient rien d'autre, marmonne-t-il.

— C'est à cause de ça que tu t'es garé si loin ?

— Monte, grogne-t-il de façon adorable.

L'intérieur est plus que rudimentaire, ni clim ni cuir. Quand Aiden tourne la clé de contact, le moteur capote étrangement. Euh, je crois que je regrette aussi son Challenger.

— Tu veux toujours des pancakes ?

— Oui ! Avec des fraises et du Nutella.

— On n'en trouvera jamais à cette heure-ci.

— Si ! J'ai cherché en cours de physique !

— Après tu t'étonnes que tes notes…

— J'ai un prof particulier ! dis-je avec un clin d'œil.

Depuis qu'on se connaît, mon niveau est remonté grâce à Aiden. Continuera-t-il de me donner des cours à distance quand je serai dans ma nouvelle école ? Je chasse vite cette question.

— Je confirme ! Un prof charmant, drôle, attentif, qui n'a pas…

— … la grosse tête, non !

Je ne le quitte pas des yeux comme pour mémoriser le moindre détail de son profil. Il monte le son de la radio en reconnaissant une chanson de mon groupe préféré puis attrape ma main.

Il est charmant, oui.

J'ai soudain l'impression que cela fait une éternité que je n'ai pas senti sa chaleur, que je n'ai pas senti sa présence près de moi. Bien trop longtemps.

— Arrête-toi, s'il te plaît.

— Y a un problème ?

Je n'arrive pas à déboucler ma ceinture de sécurité.

— Thea ?

L'entendre prononcer mon vrai prénom me donne des frissons. Ma ceinture a enfin lâché, je me contorsionne pour enjamber l'accoudoir central qui nous sépare.

— Mais qu'est-ce que tu fais ?

Bing, je me cogne la tête au plafond, j'ai surestimé la hauteur de l'habitacle.

— J'essaye… (*vlan*, mon genou dans le levier de vitesse) d'être romantique (ma chaussure se coince sous le tableau de bord), mais c'est raté. Te moque pas !

— Pas du tout, dit-il en reculant son siège du volant. C'est mieux comme ça ?

J'atterris sans grâce sur ses genoux. Ses mains m'enlacent aussitôt, les miennes se glissent autour de son cou. Les battements de mon cœur s'accélèrent. Je sens son haleine mentholée.

— Beaucoup mieux, je murmure dans un souffle.

Quand nos lèvres se rencontrent enfin, j'ai l'impression que mes nœuds intérieurs se dénouent d'un coup. Notre baiser est avide, empressé, je lui ai manqué autant qu'il m'a manqué. Ses mains remontent sous mon T-shirt et m'attirent davantage à lui. Mes sens sont saturés. La douceur de ses cheveux, le parfum familier de son eau de Cologne, la puissance de ses muscles. Je laisse les sensations m'envahir, j'oublie tout le reste.

Assise en face d'Aiden pour notre petit déjeuner tardif, je savoure ce moment volé. Je lui raconte les propos de Kaitlyn, mais Aiden ne s'inquiète pas, il reste convaincu que Ryan et elle sont deux cervelles de moineau.

— Tu en es où avec Mason, ça s'arrange entre vous ? Il n'a pas ouvert la bouche ce midi.

— On essaye d'oublier.

Pas facile. À la maison de la plage, Mason s'est énervé après Aiden en hurlant qu'il ne me méritait pas. C'était juste avant l'épisode Harvey.

— Vous avez discuté ?

— Il m'a appelé pour s'excuser du coup de poing, mais on n'a reparlé de rien.

Mason est amoureux de moi, il s'est plus ou moins déclaré durant cette soirée fatidique. Pourtant, il connaît mes sentiments pour Aiden, je ne m'en suis jamais cachée. Tous nos amis sont au courant. Alors cette rivalité est inutile, la bataille est perdue d'avance pour lui, je suis avec Aiden.

— Et tout ce qui s'est passé avec ton père, tu gères ?

Le visage d'Aiden se referme comme une huître. Il a systématiquement évité de répondre à cette question quand on se parlait sur FaceTime.

— Andrew, me corrige-t-il. Je gère, oui. Aucune nouvelle depuis le nouvel an. Ça ira encore mieux quand j'apprendrai son arrestation pour avoir commandité ton assassinat.

— C'est sûr… et le reste ?

— Ses menaces de mort sur Internet ? Tant qu'il laisse mes frangins tranquilles, je m'en fiche.

Après l'interview télévisée, Aiden a reçu des félicitations et des encouragements, mais aussi des menaces. Anonymes, bien entendu. Il n'aime pas en parler, pourtant c'est une réalité.

— Tu en as reçu d'autres ?

— Je ne sais pas, j'évite les réseaux sociaux.

De mon côté, « Amelia » n'a pas de compte, donc je n'ai aucune idée de ce qui se raconte sur Internet.

On change de conversation pour aborder des sujets plus légers. Je crois que nous avons juste besoin d'un après-midi tranquille, de croire que tout va bien dans nos vies, que je ne le quitte pas bientôt et qu'il ne reçoit aucune menace de mort. Que nous sommes juste deux adolescents normaux qui sèchent la dernière heure de cours pour aller manger des pancakes.

— On fait quoi maintenant ? me demande Aiden, une fois les pancakes engloutis.

— On regarde un film chez moi ? Tu as encore un peu de temps avant d'aller chercher les jumeaux à l'école.

Seule avec Aiden chez moi ? Oui, s'il te plaît, dis ouiii !

— Si tu me laisses choisir le film !

— Ça marche !

Je cours jusqu'à la voiture tellement j'ai hâte !

CHAPITRE 3

— Maman, tu es là ?

Pas un bruit. Gagné, la maison est libre !

— Tu sais quel film tu veux regarder ? je demande à Aiden.

— Bien sûr.

À tous les coups, ce sera un film d'horreur, à me faire dresser les cheveux sur la tête.

— Installe-toi, je nous prépare un plateau.

— On sort de table !

Peut-être, mais je le connais, il s'empiffrera de pop-corn.

Quand je reviens au salon, la télévision est allumée et Aiden, plongé dans la section « films d'épouvante », les pires.

— Avoue que tu le fais exprès pour que je me colle à toi du début jusqu'à la fin !

— Tu le fais si bien !

Il m'attrape le menton, plonge son regard au fond de mes prunelles. Je le sens heureux. Sa bouche vient chercher la mienne pour un baiser dont l'empressement me surprend, car nous avons déjà passé l'après-midi à nous embrasser ! Le goût de ses lèvres est addictif, je frissonne. Ses doigts attaquent les boutons de mon chemisier puis dégagent mon épaule où il dépose une suite de baisers en remontant le long de ma nuque. C'est divin, je suis déjà au ciel.

La porte d'entrée s'ouvre, le rire de ma mère résonne dans la maison. Aiden et moi sursautons comme deux enfants pris en faute. Je rajuste mon chemisier et me rassois correctement. Pourquoi faut-il que ma mère arrive juste maintenant ?

Quand je jette un coup d'œil vers le couloir, ma mâchoire se décroche : ma mère embrasse furieusement le père de Mason tout en sautillant pour se débarrasser de ses chaussures, la jupe déjà relevée, lui a déjà envoyé valser sa chemise. Je rêve.

— Maman !

Brian Evans se fige, ma mère me fixe avec des yeux ronds.

Oh là là.

— Euh… Amelia, tu n'es pas en classe ? demande-t-elle, rouge tomate.

Aiden se tient à mes côtés, droit comme un I, le visage neutre. J'envie sa capacité à neutraliser ses émotions, quelles qu'elles soient. C'est quelque chose que je ne sais pas faire : le choc et le dégoût sont écrits noir sur blanc sur mon visage.

Nous savions pour ma mère et Brian Evans, un père de famille marié, mais eux ignoraient que nous étions au courant. Toutefois nous n'étions jamais tombés en pleine scène d'ébats. J'espère que c'est la dernière fois.

— Tu sèches les cours pour retrouver ton petit copain en cachette ? persifle-t-elle.

— De nous deux, celle qui est déshabillée, c'est toi ! je réponds du tac au tac.

— Le lycée est fermé depuis vingt minutes, précise Aiden, les yeux rivés sur le père de Mason.

Brian connaît Aiden depuis toujours, je me demande s'il se sent coupable que le meilleur ami de son fils soit au courant de ses infidélités, alors que la mère de Mason est une femme adorable. Je l'ai rencontrée… J'essaye d'adopter la même attitude froide et détachée qu'Aiden.

— Il a raison, Caroline, la journée a filé, répond Brian.

Le père de Mason a beaucoup d'allure, une version plus âgée du fils : grand, la peau sombre, les cheveux noirs. Je serais fière de ma mère si la situation était différente. Il porte une alliance…

— Je suis désolé pour le spectacle, reprend-il, mais c'est plus compliqué qu'il n'y paraît. La vie réserve des surprises, certaines sont à garder secrètes. Vous êtes d'accord que ce serait inutile de compliquer davantage la situation, n'est-ce pas ?

Aiden et moi échangeons un regard.

— On n'est plus des gamins, répond sèchement Aiden.

Brian, notre héros, celui qui est intervenu en faveur d'Aiden au moment de son arrestation, celui qui a trouvé un avocat, proposé et obtenu la garde des jumeaux pour que les trois frères ne soient pas séparés, celui qui nous a encouragés à nous changer les idées et qui a déniché la maison du bord de mer. Brian m'inspirait une confiance aveugle… jusqu'au jour où je l'ai trouvé dans les bras de ma mère quand je suis venue rechercher mes somnifères. Je n'en ai jamais parlé à personne, sauf à Aiden.

— Donc, je dois la fermer et oublier ce que je viens de voir, reprend Aiden. Le problème, c'est que je vis sous ton toit jusqu'à ma majorité, avec Natalia, ta femme, et Mason, mon meilleur ami. Tu me demandes donc de leur mentir.

Silence glacial. Brian jauge Aiden qui ne baisse pas les yeux.

— On n'a rien dit alors qu'on était déjà au courant, j'interviens. Faites un effort pour vous cacher.

— Tu m'espionnes ? s'insurge ma mère.

— C'est plutôt toi qui manques de discrétion, maman… On ne voulait pas blesser Mason. À vous de trouver une explication pour votre fils, Brian.

— J'en suis conscient.

— J'ai votre secret sur la conscience depuis deux semaines. À Torywood Springs, je n'osais même pas regarder Mason en face. Maintenant qu'on a repris les cours, c'est pire, alors ça ne peut plus durer. Si vous ne vous décidez pas, je m'en charge.

— Oui… enfin, non ! C'est compliqué, Amelia, répète Brian. Mais tu as raison, Mason et Natalia méritent une explication. Ni ta mère ni moi ne voulons les blesser. Je dois réfléchir à la meilleure manière de le leur annoncer. S'il te plaît, ne dis rien à Mason pour l'instant…

Aiden et moi échangeons un regard.

— Bon, j'y vais, ajoute Brian. Caroline, Amelia, bonne soirée. Aiden, à plus tard, mon garçon.

Il se précipite dehors. Ma mère le suit des yeux, puis se tourne vers nous.

— Ça ne me plaît pas du tout que vous vous retrouviez ici à trafiquer je ne sais quoi. Ce n'est pas sérieux, Amelia.

— Ah oui ? Et moi, ça ne me plaît pas du tout que tu t'envoies en l'air avec le père de mon meilleur ami. Un homme marié. C'est carrément indécent.

Maman en reste bouche bée. J'avoue que ma réplique est sortie toute seule. Mais se faire remonter les bretelles par sa propre mère, rhabillée à la va-vite à cause de ses… de sa… de ÇA, c'est quand même gonflé. Et hypocrite.

On s'observe, mâchoires serrées.

— Je dois partir, les jumeaux m'attendent, lance Aiden. Je t'appelle ce soir, Amelia.

Il disparaît à son tour. L'orage va éclater entre ma mère et moi.

— Je ne veux plus que tu fréquentes ce garçon, lance-t-elle en se dirigeant vers la cuisine.

— Qui, Aiden ?

— Évidemment, qui d'autre ? Tu passes bien trop de temps avec lui. Tu connais parfaitement les conséquences si tu as le malheur de lâcher un mot de trop.

J'hésite à lui balancer qu'Aiden est déjà au courant et mille fois plus solidaire qu'elle ne l'a jamais été, mais cela me compliquerait la vie avec elle. Je m'abstiens.

— Relax, ça fait un an que je joue la comédie, je connais mon rôle et je sais garder un secret.

Sauf avec Aiden, mais bon…

— Mais toi, maman ? Vu le temps que tu passes avec Brian, tu pourrais parfaitement lâcher une info.

— On n'a pas vraiment le temps de parler ! répond-elle en éclatant de rire.

— Maman, t'es vraiment qu'une…

— Amelia ! Je plaisantais. J'ai de l'expérience, ma fille, je sais tenir ma langue. Mais toi ?

— Tu veux savoir si je ne dirai rien sur toi et le père de Mason ?

— Oui.

— Ça dépend.

— De quoi ?

— Tu vas continuer de le voir ?

— Ça dépend !

— Maman, arrête ! Je suis contente que tu tournes la page, après papa, mais Brian est marié, merde ! Et c'est le père de mon meilleur ami. Quand Mason va l'apprendre, ce sera l'horreur, c'est sûr.

Au lieu d'exploser, ma mère soupire, les yeux au ciel.

— Pourquoi s'acharne-t-on toujours sur la maîtresse dans ce genre d'histoire ? Je ne mens à personne, je ne trompe personne, j'assume mon rôle. Brian n'a qu'à en faire autant.

— Oui, mais tu sais qu'il est marié. Tu participes à la démolition de sa famille. Ça te plaît de laisser un champ de ruines derrière toi alors qu'on part bientôt ?

— Je n'ai pas besoin de tes leçons de morale, Amelia… Et puis, c'est différent avec Brian. Ce n'est pas juste une passade.

— Euh… tu veux dire quoi ?

— Que je ne me suis jamais sentie aussi heureuse depuis… ton père.

Holà. Est-ce qu'elle réalise vraiment ?

— La vie est imprévisible, Amelia, toi et moi le savons trop bien. Alors, profitons-en…

Entendre ma mère prononcer ces mots est plutôt comique, sachant qu'elle désapprouve au plus haut point ma relation avec Aiden. Mais j'en ai assez de cette conversation, la journée a été longue, je laisse tomber. Après tout, c'est ma mère, je n'ai pas à lui dicter sa conduite.

— OK, je monte. Salut.

— Amelia…

— Oui ?

— Tu ne diras rien à Mason, n'est-ce pas ? Attends que Brian lui en parle.

Je hausse les épaules et quitte la pièce.

CHAPITRE 4

Trois jours plus tard, au lycée, alors que ma joue et mon nez ont repris une couleur normale, les messes basses se calment sur mon passage. En revanche, Aiden reste un sujet de conversation, même si personne n'ose l'aborder.

C'est aujourd'hui son anniversaire. On a préparé des cupcakes, plus faciles à partager au réfectoire qu'un gâteau.

— Je vous avais dit de ne rien faire, ronchonne Aiden en voyant Anna planter des bougies. Je vous interdis de chanter, hein ?

— Joyeux anniversaire, joyeux anniversaire ! s'époumone aussitôt Noah, hilare.

On reprend tous en chœur. Mortifié, Aiden se dépêche de souffler ses bougies. Chacun attrape un gâteau, ils sont délicieux.

— Jason et Jackson t'attendent à la maison après l'école, me dit Aiden. Ils veulent me préparer une surprise, mais je n'ai pas envie de repeindre la cuisine. Ils aimeraient que tu les aides. D'accord ?

Je suis trop contente que les jumeaux m'aient préféré à Mason ou Julian.

— Bien sûr. Je ne savais pas que tu avais récupéré la maison.

— Les enquêteurs ont terminé. J'y suis déjà retourné pour chercher des affaires, mais pas les jumeaux. Ce sera leur grand retour.

— Ils ne préfèrent pas rester chez Natalia pour préparer ta surprise ?

— Non, ils te veulent, toi.

— D'accord ! J'apporterai des ingrédients, dis-je avec un sourire jusqu'aux oreilles.

On va lui préparer le meilleur gâteau du monde !

Quand j'arrive chez eux, la cuisine déborde déjà, Jason et Jackson ont tout sorti des placards. On vire Aiden et on attaque la recette.

— Jason, tu sais casser des œufs ? je demande.

— Oui.

— Attention aux morceaux de coquille, dit Aiden, en passant la tête par la porte.

— Dehors ! s'exclame-t-on tous les trois.

— Je me sens inutile, répond-il avec une moue boudeuse.

J'adore sa bouche !

— Profites-en, c'est ton anniversaire. Je gère, pour une fois !

— Techniquement, c'est moi le majeur responsable, dit-il en m'enlaçant contre lui.

— Alors, occupe-toi de ta déclaration d'impôts ou du linge à repasser ! je réponds en tentant de me dégager de son étreinte.

Mais ses lèvres approchent dangereusement des miennes, je sens déjà la chaleur de son corps irradier. Je l'enlace à mon tour. C'est à ça que la vie avec Aiden ressemblerait. La vie que je veux.

— Merde ! entend-on derrière nous.

— Pas de gros mots ! s'écrie aussitôt Aiden.

— J'y retourne !

— OK. Les autres seront là dans une heure et demie, dépêchez-vous.

Je trouve les jumeaux penchés sur le bol, en train de pêcher avec des fourchettes.

— Qu'est-ce qui se passe ?

— Je crois que j'ai battu un œuf avec sa coquille, avoue Jason, tout penaud.

Aïe. Il est trop tard pour recommencer à zéro.

— OK, on continue de pêcher alors, dis-je en attrapant aussi une fourchette.

— Et si on oublie des morceaux ? s'inquiète Jackson.

— Euh… ça donnera du goût.

Une heure vingt-sept minutes plus tard, la table est dressée, le gâteau est démoulé et décoré, quand un premier coup de sonnette retentit. Aiden avait précisé « pas de cadeaux », il en reçoit quand même un gros de notre part à tous : le barbecue super sophistiqué dont il rêvait (Julian aussi d'ailleurs). Même si la température de ce mois de janvier est encore fraîche, les garçons ont apporté de la viande pour fêter ce barbecue d'anniversaire. Quand on chante à nouveau, Aiden fait mine de rentrer sous terre.

C'est l'heure du gâteau.

— C'est normal que ça croustille ? demande Julian.

Jason me lance un coup d'œil inquiet, je le rassure d'un sourire. Ce sera notre petit secret.

— C'est une recette de grand-mère, dit Jackson en reposant prudemment son morceau. N'est-ce pas, Amelia ?

— Ma grand-mère, oui !

Les yeux d'Aiden pétillent, il a compris. La fête continue, les conversations vont bon train, mais je trouve Aiden bien silencieux. Il ne m'a jamais reparlé d'Andrew depuis l'après-midi pancakes… impensable que son père et ses acolytes nous laissent tranquilles. Je profite du brouhaha général pour lui poser la question.

— Andrew ne s'est pas manifesté ? Tu n'as pas vu Harvey dans les parages ?

Il blêmit.

— Bah quoi ? Qu'est-ce qui se passe ?

— Rien.

Non, il me cache quelque chose.

— Aiden, dis-moi.

Ses yeux gris m'observent avec attention. Son débat intérieur est palpable, il laboure sa tignasse en articulant des jurons silencieux. Soudain, il se lève et m'entraîne hors de la pièce.

— Regardez-les s'esquiver en douce pour le dernier cadeau d'anniv… commence Noah, avant de lâcher : *Oumf !*

Quelqu'un – Anna ou Charlotte, je crois – lui a balancé un coussin en pleine figure pour le faire taire. J'entends un *beurk* d'un des jumeaux, juste avant qu'Aiden ne referme la porte du bureau derrière nous.

— Je ne voulais pas que tu te stresses avec ça, dit alors Aiden en ouvrant un petit tiroir, mais je ne referai pas l'erreur de te laisser en dehors.

Il me tend une enveloppe qui semble contenir une carte d'anniversaire. Son visage reste de marbre, ma gorge se serre.

J'ai affronté des adversaires bien plus puissants, violents, intelligents que toi, Aiden, et je sors toujours vainqueur. Alors ne t'éloigne pas de ce que tu as de plus précieux, car tant que je n'ai pas gagné, le jeu n'est pas terminé.

Adresse mes salutations à ton « Amelia ».

Joyeux anniversaire, fiston.

— C'est arrivé ce matin, dit-il.

Je lis et relis ces mots.

— Tu as montré cette carte à quelqu'un d'autre ?

— Non.

— « Ce que tu as de plus précieux »... il menace les jumeaux ?

— Et toi, ajoute Aiden.

Je me fige le temps que ses paroles pénètrent en moi.

— Ça se voit comme le nez au milieu de la figure que je suis amoureux de toi, Amelia. Et Andrew a déjà tenté une fois de te faire du mal.

Mes yeux s'attardent sur les guillemets qui entourent mon nom. Qu'insinue-t-il ? Que sait-il ? Je dois déjà me cacher de Tony, maintenant Andrew cherche à atteindre son fils à travers moi. Lequel de ces deux-là me tuera en premier ?

— Tu sais que je ne laisserai jamais personne toucher à un seul de tes cheveux, Amelia ? dit Aiden pour me sortir de mes cogitations.

Depuis le nouvel an, c'est le genre de phrase qu'Aiden prononce régulièrement pour me rassurer. Je pose la tête sur sa poitrine et songe à toutes les fois où il m'a aidée ou protégée : face à Ethan Moore pour l'obliger à retirer sa vidéo postée en ligne ; quand Kaitlyn et Ryan ont crevé mes quatre pneus, quand il a roulé des heures pour que je récupère mes somnifères, quand il m'a extraite de la voiture accidentée puis sauvée de la mort.

— Il veut t'empêcher de salir sa « formidable » réputation.

Et pour ça, il est prêt à éliminer une ado.

— Andrew a toujours été un type tordu qui a enfin obtenu la richesse et le pouvoir, ce qu'il a toujours voulu. Il ne va pas me laisser lui enlever ça, comme je l'ai fait une première fois, sans le savoir, quand il a mis ma mère enceinte et a été forcé de l'épouser. Il a déjà essayé de me corrompre, de me payer, de me tuer, et je ne sais pas s'il s'arrêtera un jour. Mais ce qui est certain, c'est que je ne le laisserai pas vous atteindre, toi et mes frères.

Impossible d'avoir peur avec ses bras musclés autour de moi, ma tête posée contre sa poitrine, en écoutant le battement régulier de son cœur.

— On ne le laissera pas gagner. Il ne peut rien tenter en ce moment, tous les projecteurs sont braqués sur lui.

— Jure-moi quand même que tu seras prudente, Amelia, dit-il en m'attrapant le menton pour plonger son regard dans le mien.

— Oui, promis.

C'est une super journée, je profite d'Aiden sans me soucier du reste. Exactement le quotidien que j'aimerais avoir. J'en ai besoin. J'ai été bête de lui poser la question, Aiden aurait fini par me montrer cette carte d'anniversaire de toute façon. Je me fais la promesse de vivre le temps qu'il me reste ici aussi normalement que possible, parce que, ensuite, on aura une relation à distance. Mais avant, je veux en profiter et être avec Aiden comme une ado normale. Hors de question de laisser son père nous gâcher ce moment.

CHAPITRE 5

Noah ne mentait pas, il a vraiment organisé une énorme fête d'anniversaire pour Aiden. Il y a foule, même ceux qui craignent Aiden sont là.

Les parents de Noah ont libéré la maison pour le week-end. Anna, Charlotte et moi avons gonflé des ballons et lancé des serpentins pour transformer le salon en un océan mouvant. Les garçons ont installé un distributeur de bière, un copain de Chase, qui est équipé en matériel, a accepté d'être notre DJ.

La musique est si forte que les murs tremblent. L'ambiance est d'enfer, ça danse, rit, parle, boit, tout le monde se connaît, pas d'intrus ni de gâcheurs de soirée (contrairement à la dernière fois).

Aiden n'est pas porté sur l'alcool, mais ce soir il s'amuse et discute avec les invités. Quand il remarque que je le regarde de l'autre bout de la salle, il m'adresse un clin d'œil arrogant. Je lève les yeux au ciel, mais j'avoue que le voir passer du bon temps me réchauffe le cœur. J'adore notre insouciance ce soir. Mais dès que je me tourne vers Charlotte, je me cache le visage entre les mains : elle est en train de filmer.

— Charlotte, arrête tout de suite !

— Pardon. C'est à cause de cette nouvelle appli qui permet de filmer et de poster instantanément. J'en suis dingue.

— Sans moi sur tes vidéos, OK ?

— D'accord, répond-elle avec un soupir exagéré. Mais bon, il faudra bien que tu t'intéresses aux réseaux sociaux un jour ou l'autre, Amelia.

— Je ne suis pas pressée, dis-je en remarquant qu'Aiden discute avec des garçons que je ne connais pas.

— Ça se passe super bien entre vous deux, lance alors Charlotte, qui a suivi mon regard.

— Je n'ai jamais été aussi heureuse de ma vie.

Pourvu que ça continue encore longtemps.

— Vous êtes faits l'un pour l'autre, je suis trop contente pour vous.

— Merci. Et toi ? L'affaire Noah-Chase en est où ?

« L'affaire » a débuté quand Chase a surpris Charlotte au lit avec Noah, à la maison de la plage. Il s'est battu avec Noah, ce qui a ouvert les yeux à ceux qui ne s'en doutaient pas encore : Chase est fou amoureux de Charlotte.

— Nulle part, répond Charlotte. Noah n'est pas amoureux, je suis juste l'un de ses nombreux coups de foudre, tu le connais. Et on n'a pas vraiment couché ensemble… enfin bref, j'aime Noah en ami, rien de plus.

Noah est un peu plus loin, avec Mason qui fait le pitre devant deux filles que je connais de vue. Moi aussi j'aime Noah comme ami. Et Mason. Il me manque, c'est tellement bizarre en ce moment. Notre amitié était joyeuse et légère, maintenant les relations et l'ambiance sont tendues, ses regards sont lourds et pleins de sous-entendus. Je voudrais que tout redevienne comme avant, mais dès qu'il est là, je pense à ma mère dans les bras de son père.

Je voudrais en parler mais j'ai peur d'être celle qui détruit sa famille, qui ruine l'image qu'il a de son père. Cette révélation anéantirait pour toujours ma relation avec Mason. Ne pas le lui dire fait autant de dégâts, je suis dans une impasse. C'est à Brian d'agir.

J'espère juste que, après tout ça, Mason ne me détestera pas trop. Aiden soutient qu'il doit savoir. Notre débat à ce sujet a été houleux. Je reconnais que, si j'étais à la place de Mason, je voudrais savoir. Mais comment avouer que ma mère est la maîtresse de son père ? Je sais que les gens tirent toujours sur le messager, alors j'aimerais rester à l'abri des balles pour le moment. Si l'occasion se présente, je lui parlerai, mais pas avant d'avoir arrangé les choses entre nous.

— Et Chase ? je demande à Charlotte.

— C'est encore confus dans ma tête, murmure-t-elle. Chase est mon meilleur ami, je l'aime de tout mon cœur, mais je n'éprouve pas l'amour qu'il attend de moi.

— Ne laisse personne te dicter tes sentiments.

C'est la vérité. Personne ne peut l'obliger à tomber amoureuse, pas même Chase. Charlotte est libre. Comme moi quand je suis arrivée ici, alors que je n'étais pas censée me faire des amis, encore moins trouver l'amour. Pourtant je suis tombée amoureuse d'Aiden. Et plus qu'un peu.

— Mais c'est loin d'être simple, reprend-elle. Chase m'aime, mais depuis le lycée, il drague et couche à droite à gauche. S'il est amoureux de moi depuis aussi longtemps, pourquoi n'a-t-il rien dit ? Je suis sa meilleure amie, on peut se parler, non ? Et son comportement de don Juan, ça veut dire quoi ? Il m'aime mais couche avec toutes les autres ? Ras le bol.

Je sais pourquoi Chase n'a pas osé lui dire qu'il l'aime, mais je ne suis pas d'accord avec ses arguments.

— Il a peur que tu ne sois pas en phase avec lui, que votre amitié en souffre, je hasarde.

— Je ne suis pas dans sa tête ! Imagine que je sois amoureuse de lui…

— Sérieux ?

Charlotte fixe son verre vide.

— J'ai encore soif, tu viens avec moi ? dit-elle.

En la suivant vers la cuisine, on passe devant une chambre dont la porte est ouverte. Chase est là, en pleine action avec Aliyah, une fille de notre cours de chimie.

— Qu'est-ce que je te disais, murmure Charlotte en levant les yeux au ciel.

La cuisine est moins bondée que le reste de la maison. Étrange, c'est pourtant là que se trouve l'alcool ! Nous nous servons chacune un verre. Au moment de repartir, deux filles entrent. Je tends l'oreille en entendant « Anna » dans la conversation.

— T'as remarqué Julian ? Il est craquant ce soir ! dit celle dénommée Becki.

— Trop ! Il faut que je le branche, il ne pourra pas me résister ! ajoute la seconde avec un clin d'œil aguicheur.

— Tu oublies qu'il sort avec cette fille... Anna, répond Becki.

— Je m'en fiche, je le ferai changer d'avis.

— Nan mais Sara ! Il sort avec Anna, la fille dont tout le monde parle.

Allons bon, c'est quoi ce cirque ? Charlotte et moi échangeons un regard surpris.

— Julian est avec Anna-la-folle ? sursaute Sara.

La folle ?

— Oui, celle qui a dit à Kaitlyn qu'elle l'enverrait direct à l'hôpital si elle osait respirer le même air que Julian. Ça s'est passé lundi matin, alors que Kaitlyn s'occupait tranquillement de ses affaires avec Makayla. La folle leur a sauté dessus, il a fallu la retenir.

Pardon ?

Un tissu de mensonges révoltant, risible même. Depuis quand Kaitlyn « s'occupe tranquillement de ses affaires » ? Un grand silence règne dans la cuisine, Becki est fière d'être au centre de l'attention générale.

— Et après, déclame Becki avec emphase, la folle a dit que son frère avait descendu le père de son copain, et qu'elle-même savait manier une arme, donc elle n'hésiterait pas. « On est une famille de tueurs. » Ce sont ses propres mots !

Une famille de tueurs ???

Mon sang surchauffe dans mes veines. Comment ces débiles peuvent-ils dérailler autant ? Je suis sur le point d'intervenir, mais une fille me devance.

— Je ne te crois pas. En plus on connaît Kaitlyn, lance-t-elle.

Merci !

— Aliyah a tout entendu ! s'insurge Becki.

Un murmure d'approbation parcourt l'assistance, comme si la parole d'Aliyah était garante de vérité. C'est insupportable.

— Moi aussi, j'étais là, je m'exclame. Tu déformes la vérité, ça s'appelle du mensonge.

— Ma copine Riley était là aussi, intervient une fille. Anna a tenté de frapper Kaitlyn, juste comme ça, parce qu'elle avait envie.

— Des tas de gens ont envie de frapper Kaitlyn, « juste comme ça » ! j'ironise alors. Pas de quoi en faire un drame. Anna n'est pas une meurtrière, vous le savez très bien.

Au même moment, Anna apparaît dans l'encadrement de la porte. Toutes les têtes se tournent vers elle. Parfait, mon amie va pouvoir se défendre.

— Anna, tu serais capable de descendre Kaitlyn ? je lance.

— Si elle me cherche trop, oui.

Des murmures jaillissent aussitôt, un petit groupe quitte précipitamment la cuisine.

— Restez, elle blague ! je m'exclame.

La pièce se vide sous le regard imperturbable d'Anna. Ne reste que Charlotte et moi.

— Tu n'aides pas vraiment, Anna, je grommelle.

— Ce n'est pas ma faute s'ils n'ont pas le sens de l'humour.

— OK, mais ça ne fera qu'amplifier les rumeurs.

— Quelles rumeurs ?

Charlotte lui raconte ce que Becki et Sara colportent. Le visage d'Anna, déjà assez pâle en temps normal, le devient encore plus quand elle entend « famille de tueurs ». Son poing s'écrase sur un sac de chips.

— Où je peux trouver Aliyah ? gronde Anna.

— Non, ça ne fera qu'aggraver la situation, lui dit Charlotte.

— Je veux juste lui parler, répond-elle en retirant les bagues qui ornent ses doigts.

— Anna, qu'est-ce que tu fais ? je m'inquiète.

La situation s'envenime, Charlotte s'en rend compte aussi et se lève pour suivre Anna qui sort de la cuisine. Elle s'arrête devant la chambre donnant sur le couloir. La lumière est éteinte, mais on distingue Aliyah et Chase, toujours aussi occupés l'un avec l'autre.

Anna s'approche d'eux, saisit la fille par le bras puis la tire violemment, ce qui la fait tomber sur les fesses. Chase, qui est ivre, prend soudain l'air ahuri. Il reconnaît alors Charlotte et l'interpelle comme s'il espérait la rendre jalouse. Mais c'est la voix d'Anna qui domine.

— Répète un peu ce que tu cries sur tous les toits ? crache-t-elle.

— C'est quoi ton problème ? demande Chase, réalisant enfin que ce n'est pas Charlotte, mais Anna qui l'a interrompu.

— Mon problème, c'est qu'Aliyah vomit sur ma famille.

— Ouais ! Ton frère est un assassin ! hurle Aliyah.

— Anna, arrête, ça n'aide pas, je murmure à son oreille.

Je ne sais pas si elle m'a entendue, elle ne bronche pas et continue de fusiller Aliyah du regard.

— Et depuis quand je suis d'une famille de tueurs ?

— Fiona t'a entendue, elle n'est pas la seule, il paraît.

Anna serre les poings, fulmine durant plusieurs secondes, puis soudain, alors que je crains le pire :

— Barre-toi, Aliyah, je ne veux plus te voir.

— Hé !

— Dégage !

Aliyah part en courant après un dernier coup d'œil à Chase.

— Anna, tu…

— Laisse tomber, Amelia. De toute façon, il y a déjà des ragots, m'interrompt Anna en ressortant ses bagues de sa poche.

— C'est toi qui as hurlé après Aliyah ? demande Julian en entrant dans la chambre.

— Oui, parce que je suis Anna-la-folle.

Et elle sort, plantant là Julian, qui ouvre des yeux ronds.

— Bah, qu'est-ce qu… ?

— T'inquiète, vieux, moi non plus j'y comprends rien, dit Chase en titubant. Mais tu ferais mieux d'aller voir.

Julian part aussitôt à la recherche d'Anna, qui est plus atteinte par ces ragots qu'elle ne veut bien le montrer.

— Tu crois qu'on devrait y aller aussi ? me demande Charlotte.

— Non, Julian d'abord, on parlera à Anna plus tard.

— Quelqu'un m'explique ? bafouille à nouveau Chase.

Un garçon du lycée entre, branche Charlotte avec une blague qui la fait éclater de rire. Chase s'empourpre de colère. Je dois agir.

— Viens, dis-je en l'entraînant hors de la chambre. Au fait, Chase, tu n'as pas le droit d'être jaloux, il y a moins de cinq minutes, tu roulais des pelles à Aliyah.

— J'ai soif, je vais me chercher une bière, répond-il en haussant les épaules.

Ah. Finalement, les problèmes d'Anna ne l'intéressent plus. Mason m'aperçoit et se précipite vers moi.

— P'tit Ko ! Tu fous quoi dans la salle de bains ! glousse-t-il.

Hum, nous sommes dans le hall d'entrée, Mason n'a pas toute sa tête. D'ailleurs, il titube. Je le soutiens pour qu'il ne tombe pas. D'un côté, je suis heureuse qu'il m'ait appelée P'tit Ko, un surnom qu'il m'a donné, de l'autre, je suis effondrée que lui aussi ait absorbé autant d'alcool.

— Tu as bu combien de verres ?

Mason se concentre, compte sur ses doigts, puis me regarde en plissant les yeux. Il me voit double ?

— T'as raison, on crève de chaud ici, répond-il.

Et il se lève, retire son T-shirt et le jette à la figure d'un garçon aussi bourré que lui.

Quelle soirée.

— Tu t'assois et je vais te chercher un grand verre d'eau, OK ?

— T'es trop gentille, P'tit Ko ! Bien trop gentille, bafouille-t-il en s'appuyant contre le mur.

Oh non.

— Tu me manques tellement… Pourquoi on n'est plus potes toi et moi ? reprend-il, les paupières closes. T'es fâchée parce que je t'ai donné un coup dans la figure ?

— Je t'ai dit mille fois que je n'étais pas fâchée et que ce coup n'était pas ta faute. On est amis, Mason.

Deux jeunes passent près de nous, les yeux rivés sur cette stupide application, la même qui obsède Charlotte. Je jette un coup d'œil à leurs téléphones afin de vérifier que je ne suis pas sur la vidéo. Mason le remarque.

— Tu ne supportes même pas d'être vue avec moi ! Tu me détestes ! beugle-t-il.

Et il s'en va en chancelant.

— Pas du tout ! Mason, reviens, je n'ai rien contre toi, promis, juré, craché ! Regarde-moi, je vais cracher.

Mason s'arrête.

— Attention, si tu craches, c'est une vraie promesse, répond-il en me fixant de ses yeux noisette.

Je crache.

— Voilà ! Tu me crois maintenant ?

— Ouiiii ! P'tiiiit Koooo, tu sais que je t'…

— OK, Mason.

C'est la première fois qu'il va aussi loin, mais je ne suis pas prête à l'entendre me déclarer son amour. Sûrement pas maintenant, alors qu'il est bourré et qu'il bafouille. On souhaite tous les deux que notre relation reprenne un cours normal, et ça n'arrivera pas si Mason se comporte en amoureux.

— Tu m'accompagnes ? On va chercher Aiden.

J'espère qu'entendre le prénom de son meilleur ami lui rappellera de qui je suis amoureuse. Mason garde les yeux fermés et ne répond pas. Il est capable de dormir debout ?

— Mason ?

Quand je le secoue par l'épaule, j'ai l'impression de voir un film au ralenti : tout son corps tombe comme un poids mort. Je me précipite. *Ouille*, il pèse une tonne. Je l'adosse au mur, puis j'écoute sa respiration.

C'est bon, il dort.

Merde, Mason, tu ne connais pas tes limites.

Impossible de l'abandonner ici, il va retomber et se faire marcher dessus.

— Réveille-toi !

— Mmmm…

Je le soutiens pour monter l'escalier, j'ai l'impression de tirer un sac de pommes de terre. Il grommelle des mots inintelligibles alors qu'on progresse lentement. J'ouvre la première porte sur le palier. La chambre de Noah, parfait, c'est lui qui aura son copain sur les bras.

À peine ai-je lâché Mason qu'il s'affale en travers du lit. Mission accomplie.

— Installe-toi mieux que ça, tu vas tomber, lui dis-je.

Mason ne bouge pas d'un pouce. Je soupire. Je tente une première manœuvre en le tirant par le bras et par le genou, mais sans succès. J'obtiens une amélioration en changeant de technique. Même si la vue qu'offre Mason n'est pas déplaisante, j'avoue que ce serait moins gênant s'il n'était pas torse nu. Après un dernier effort, il est enfin au centre du matelas, mais mon pied dérape sur le tapis, et je m'écroule sur lui en me cognant la tête.

— Aïe ! Merde !

Mon atterrissage le réveille, je sens ses mains sur ma taille.

— Amelia ? marmonne Mason.

— Amelia ? lance une autre voix depuis le seuil de la chambre.

Aiden, champion de la précision suisse, contemple la scène.

— Ce n'est pas ce que tu crois !

— Laisse tomber, répond-il.

Blême, il repart en claquant la porte.

Je bondis pour le rattraper, mais je me souviens aussi de l'état calamiteux de Mason : je le roule en position latérale de sécurité au cas où il vomirait (avec une petite prière pour que ça n'arrive pas). Je repars m'expliquer avec Aiden.

CHAPITRE 6

Une fois dans le couloir, je sens qu'un truc ne tourne pas rond : l'ambiance est devenue électrique. La musique a été coupée, j'entends des cris. Je me laisse guider au son de voix tonitruantes.

Je comprends d'un seul coup d'œil en entrant dans le salon : Ryan, Kaitlyn et leur bande ont fait irruption, alors qu'ils n'étaient pas invités. Aiden, Noah et Julian font bloc, refusant de les laisser s'aventurer plus loin. Anna et Charlotte se tiennent à l'écart. Alors que mes amis ont l'air calmes, les fêtards qui les entourent sont surexcités, comme s'ils se délectaient d'avance de la confrontation.

— Dégage, Ryan, on ne veut pas d'histoires, c'est notre fête, lance Noah en indiquant la porte.

— Je ne suis pas invité à l'anniversaire de mon demi-frère ?

— Tu n'es pas mon demi-frère, répond Aiden, du tac au tac.

Alors que je m'apprête à rejoindre mes amis, Aiden m'adresse un signe de tête, accompagné d'un regard dur : non.

Argh. C'est vrai que beaucoup filment la scène. Une fois de plus, je suis déchirée entre l'envie d'aider mes amis et l'obligation de rester à l'écart des réseaux sociaux. La raison l'emporte, car ne pas m'afficher permet aussi de garder Tony loin de moi, et par ricochet loin de mes amis.

— On devrait demander à mon père de régler ça, comme avant, persifle Ryan. Ah mais non, j'oubliais ! Le putain de frangin d'Anna-la-folle a tué mon père.

Instinctivement, les curieux s'éloignent d'elle comme d'une pestiférée. Ryan n'est plus le même depuis la mort de Greg. Ce dernier venait de sortir de prison quand il a été tué. Père et fils ont à peine eu le temps de se retrouver. Même si je déteste Ryan, je compatis. Moi aussi, j'ai perdu mon père. Mes relations avec lui étaient tendues, mais son absence me pèse toujours, malgré tout ce qu'il a déclenché. J'ignore les relations qu'entretenait Ryan avec son père, mais il souffre, c'est évident, et je le comprends.

Ryan n'est pas rasé, il a les traits tirés, durcis. Ses cheveux, habituellement coiffés en queue-de-cheval, sont ébouriffés. Son regard est glacial. Toute trace de gentillesse a été enterrée avec son père, ne reste que son détestable abord de cactus.

— Fais attention à ce que tu dis, le menace Julian.

Ryan ne se donne même pas la peine de lui répondre.

— Où est l'autre petite garce qui traîne toujours avec vous ? enchaîne-t-il.

C'est moi qu'il traite de *petite* ? Attention, je mesure un mètre soixante avec mes talons, ce n'est pas petit ! Je recule prudemment en voyant des portables me chercher.

— La petite à la grande gueule, reprend Ryan, et qui me…

Le reste de sa phrase se transforme en gargouillis, Aiden l'a attrapé à la gorge pour qu'il se taise.

— Arrête ou j'écrabouille TA grande gueule, gronde Aiden. Barre-toi, Ryan.

Des murmures montent autour de moi, des filles reluquent la musculature de mon copain, d'autres soutiennent qu'ils n'aimeraient pas être à la place de Ryan.

— Je veux d'abord parler à la frangine de l'assassin.

Anna s'avance, tête haute.

— Tu crois que j'ai peur de toi ? s'écrie-t-elle. Ta copine raconte partout que je suis d'une famille de tueurs, j'ai le gène dans la peau, méfie-toi.

Kaitlyn prend un air innocent. Des « Anna-la-folle » s'élèvent. Je m'oblige à rester calme en serrant les poings.

— Ton camé de frangin a tué mon père, alors qu'il était clean, crache Ryan.

— Tu crois au Père Noël, Ryan ? Ils ont retrouvé de l'héroïne dans ses veines. Greg a été une pourriture de drogué du début jusqu'à la fin.

Wouah, Anna ne mâche pas ses mots. Une veine pulse dans le cou de Ryan, ses yeux lancent des scuds.

— Ferme-la ! hurle-t-il en sortant un couteau. Ferme ta putain de gueule !

Mes semelles sont clouées au sol tellement je reste figée. Noah se place devant Charlotte, Aiden et Julian n'ont rien vu venir. Ils réagissent enfin en tentant d'écarter Anna, mais elle refuse de céder, alors qu'une lame est pointée sur elle.

— Mon frère n'a pas tué ton connard de père.

Les curieux se tiennent à distance, aucun ne lève le petit doigt pour demander à ce taré de ranger son couteau. Ryan et Anna continuent de s'invectiver sans qu'Aiden ou Julian parviennent à calmer celle-ci. C'en est trop, je ne peux pas être filmée, mais je dois agir avant que mon amie ne soit blessée. Une idée me traverse l'esprit.

— Les flics arrivent ! dis-je au groupe le plus proche. Les moins de dix-huit ans vont se faire embarquer pour consommation d'alcool. Faut se tirer en vitesse !

Mon message circule, un vent de panique parcourt l'assistance.

— La police !

C'est la débandade. Je suis ravie que les caméras aient disparu, je rejoins Anna et la tire vers moi. Aiden et Julian peuvent enfin faire face à Ryan, qui est lui-même maîtrisé par sa bande. Les jurons continuent de voler entre les deux camps. Ryan promet le pire à Anna, qui répond « Vas-y ! » ou « Essaye un peu » à chaque provocation.

Les intrus quittent enfin la maison, ne restent plus que nous et Mason qui dort à l'étage. Quant à Chase, personne ne sait où il est.

— Faut se débarrasser de l'alcool, s'exclame Noah.

— C'est bon, il n'y a pas de flics. J'ai tout inventé, je réponds.

— Vous auriez dû laisser faire ce débile, que je le tue en self-défense, dit alors Anna.

— Pas de meurtre, déclare Aiden.

Vexée, Anna sort en trombe du salon. Je pars à sa recherche et la trouve en train de ranger la cuisine avec énergie.

— Anna, du calme, s'il te plaît. Son couteau était pointé sur toi et tu ne faisais qu'en rajouter.

— Je voulais qu'il s'en serve.

Je n'arrive pas à savoir si elle le pense vraiment.

— Tu crois que ton frère est innocent ?

Ma question surprend Anna.

— Quelque chose me dit que oui. Je sais que Luke a fait beaucoup de conneries, mais je le sens incapable de *ça*. En plus, il ne se souvient même pas de cette nuit-là. Comment peux-tu tuer un mec et l'oublier juste après ?

Je m'abstiens de lui rappeler que, il y a encore peu de temps, Anna clamait partout que Luke avait tué leur mère. La sœur est devenue la meilleure alliée du frère, c'est une excellente nouvelle.

— Il faut l'aider, on ne peut pas le laisser moisir en prison, reprend-elle, les larmes aux yeux.

Ryan ne nous lâchera pas tant qu'il sera convaincu que Luke est l'assassin de son père. Je le connais, il va continuer de nous rendre la vie impossible.

— D'accord. On va prouver que Luke est innocent.

Yapluka !

Comment, je n'en ai aucune idée, on verra bien.

— Merci, Amelia, tu es une vraie amie, dit Anna en me prenant dans ses bras.

Une pointe de culpabilité me serre le cœur : se souviendra-t-elle de moi comme d'une bonne amie ou me détestera-t-elle pour avoir disparu sans laisser de trace, le jour venu ?

J'entends la voix d'Aiden dans la maison, mon stress redouble. S'imagine-t-il que j'ai pu le tromper avec Mason ? Aiden n'avait pas l'air fâché dans le salon, mais il est très fort pour dissimuler ses sentiments. Je dois lui parler.

— J'y vais, Anna !

Je finis par le trouver occupé à nettoyer au sous-sol. Quand Aiden lève ses yeux gris sur moi, j'en perds mes mots.

— Je… euh… ce qui s'est passé là-haut, ce n'était pas…

— Anna ne voulait pas se faire poignarder ?

— Non, je parle de Mason et moi. Ce n'était pas ce que tu crois.

— Je sais très bien à quoi ressemble Mason quand il a bu. Je t'ai vu l'emmener dans la chambre, j'étais venu voir si tout allait bien.

— *Ouf.* Tu n'es pas fâché alors.

Aiden lâche son sac-poubelle et s'avance vers moi. J'ai l'impression qu'un gros poids s'envole de mes épaules. Mon cœur s'emballe quand il me serre enfin contre lui.

— Je te connais, Thea. Tu es très forte pour te fourrer dans des situations impossibles ! ajoute-t-il en rigolant.

— *Hum*, parfois, je m'en passerais !

— Mais pour une fois, tu m'as écouté en évitant les vidéos, je suis fier de toi.

— Je n'ai pas envie de gâcher le temps qu'il nous reste.

Son visage s'assombrit. Il n'aime pas y penser, moi non plus. Je me dresse sur la pointe des pieds, Aiden pose la main sur mon visage, ses lèvres rencontrent les miennes. Une douce chaleur m'envahit.

Aiden me pousse doucement jusqu'à ce que mon dos butte contre le mur. Notre baiser s'approfondit, embrase mon corps tout entier. Ma main glisse sur sa poitrine, dessine les contours de ses pectoraux. La sienne s'insinue sous ma chemise, je sens ses abdos se contracter à mon contact. J'aime provoquer ce genre de réaction chez lui.

— Rhabillez-vous, on descend ! crie Noah.

Avec un effort surhumain, nous nous séparons et reprenons notre souffle. Noah, Anna, Julian et Charlotte déboulent dans l'escalier. Je termine juste d'arranger les cheveux d'Aiden au moment où ils apparaissent.

— Qu'est-ce qui t'a fait croire qu'on serait déshabillés ? je demande, offensée.

— Aiden est en bas, tu le rejoins, vous vous sautez dessus. Comme d'hab, répond nonchalamment Noah.

Pas faux.

— Tout se passe bien ? demande Aiden.

— Oui. Mason et Chase ronflent, la maison est rangée, Joey finit de remballer son matériel, répond Julian.

— J'aimerais aller voir Luke, dit alors Anna. D'ailleurs, on a tous le droit d'y aller, il nous a inscrits sur sa liste de visiteurs. Si on veut prouver son innocence, on doit lui parler.

— Tu penses qu'il est innocent ? demande Charlotte.

— Oui. Et on va le prouver, dis-je en cherchant Anna des yeux.

— Tous ensemble, renchérit Aiden.

J'espère au moins réussir à aider mon amie avant de quitter cette ville. Un pas de plus vers la réconciliation avec son frère, Anna le mérite. Demain matin, nous ferons les trois heures de route pour lui rendre visite en prison.

CHAPITRE 7

Le lendemain matin, nous sommes épuisés d'avoir veillé tard et de nous être levés tôt, mais heureux de partir ensemble. Aiden est au volant. L'ambiance blagueuse du départ s'assombrit au fil des kilomètres : la prison se rapproche. Anna ne quitte pas le paysage des yeux. Charlotte est à court de mots pour lui remonter le moral. Quant à moi, je ne trouve plus une seule blague pour détendre cette atmosphère lugubre. Seule la radio joue en sourdine.

Au bout de deux heures, Aiden brise le silence :

— Elles dorment ? demande-t-il en jetant un coup d'œil dans son rétroviseur.

Je me tourne pour regarder Charlotte et Anna.

— Oui, on dirait… Tu crois que Luke est innocent ?

— Possible, mais ça se présente mal pour lui.

Je pense que la mort de son beau-père a soulagé Aiden, du coup il se fiche de l'identité de l'assassin.

Un panneau indique la sortie vers le pénitencier, je réveille les filles. Peu après, Aiden se gare dans l'immense parking de la prison. Anna est toute pâle en regardant ce bâtiment imposant.

— Prête ? je demande.

— Prête, répond-elle, en relevant le menton.

On pénètre dans l'enceinte. Une fois les formalités accomplies, un gardien nous introduit dans la salle d'attente en nous expliquant que les visites sont limitées à deux personnes à la fois. Anna me prend alors par la main.

Nous suivons le gardien jusqu'au parloir, une grande pièce équipée de tables et de chaises métalliques. Des familles sont déjà installées face à des prisonniers aux tenues reconnaissables. Près de nous, une mère pleure en tenant la main de son fils. J'ai la chair de poule. La jambe d'Anna tremble avec nervosité.

— Ça va aller ? je demande.

— Bof. La dernière fois, je l'ai quitté en balançant ma chaise tellement j'étais énervée.

Je m'en souviens aussi : Luke nous a contactés juste après en disant qu'il pensait avoir tué Greg, mais qu'il ne se souvenait de rien. Il suppliait Anna de lui pardonner. J'ai l'impression que c'était il y a une éternité.

— Luke a besoin de ton soutien, Anna, ça ne fait aucun doute. Il n'a plus que toi. Quand il saura que tu cherches à prouver son innocence, il sera transporté.

Sa jambe tremble toujours.

— Il n'y croit pas lui-même, répond Anna.

— C'est pour ça qu'on est là.

La silhouette de Luke se dessine derrière une porte vitrée. La jambe d'Anna cesse de remuer. Son frère entre. On lui retire les menottes.

Luke semble fatigué, vieilli, des cernes entourent ses yeux. Sur son visage, on peut lire un mélange d'espoir et d'incrédulité. De lassitude aussi. Il est escorté jusqu'à notre table, mais reste debout, comme s'il hésitait à embrasser Anna. Le gardien prend la décision à sa place en précisant « Pas de contact ! », ce qui nous fait sursauter tous les trois. Luke s'assoit enfin.

— T'as une tête à faire peur, lui dit Anna.

— J'avoue.

— Mais bon, je t'ai vu plus mal encore.

Je respire à peine, j'ai peur de les déranger. J'aurais dû attendre dehors, ma place n'est pas ici.

— Mais tu restes mon frère, soupire Anna.

Luke relève la tête, plein d'espoir.

— Je n'ai pas toujours été sympa, poursuit Anna, mais ne crois pas que je le regrette. Tu as été un super salaud de te tirer quand maman est morte, et t'as merdé pour te retrouver ici… mais je reconnais que tu fais des efforts pour que ça s'arrange entre nous. Moi aussi, j'ai envie que ça s'arrange entre nous.

Anna joue la dure, mais elle retient ses larmes.

— Je ferai tout pour, Anna, même ici, au fond de mon trou. Tu n'imagines pas comme je m'en veux de t'avoir laissée tomber… Même si je dois passer le restant de ma vie en taule, je n'arrêterai jamais d'être le grand frère que tu mérites.

Je me mords les lèvres. *Ne pleure pas, Thea ! Ne gâche pas ce moment !* J'ai beau me le répéter en boucle, une larme s'échappe au coin de ma paupière. Je l'essuie discrètement.

— Tu ne passeras pas ta vie en prison ! s'exclame Anna, en tapant du poing sur la table. C'est déjà bien assez horrible d'être ici en attendant ton procès.

— Du calme là-bas ! lance un surveillant.

— Vingt-cinq ans de prison peut-être, murmure Luke.

— Pas si tu es innocent.

— Je ne me souviens même pas de ce qui s'est passé. Et je ne peux rien faire d'ici.

— Toi, non, mais nous, oui ! On va chercher, fais-moi confiance. Maintenant, j'ai besoin que tu te souviennes, Luke : dis-moi ce qui s'est passé cette nuit-là.

— Je vous ai déjà tout raconté au Sweetie Ice Cream.

— Recommence ! Tu as peut-être oublié un truc.

Luke reprend son récit, explique qu'il avait le moral dans les chaussettes ce soir-là, qu'il est allé au bar, a trop bu, a croisé d'anciennes connaissances qui lui ont signalé le retour de Greg. Luke se souvient du début de la bagarre, puis c'est le trou noir jusqu'à son réveil le lendemain matin.

— Voilà, conclut-il. Cela fait des semaines que je me creuse la cervelle pour combler les blancs. Je n'y arrive pas.

— Tu n'avais rien consommé, tu es sûr ? insiste Anna. Greg avait de l'héroïne dans le sang.

— La drogue, c'est fini pour moi. J'étais clean, ils ont fait un test pour vérifier.

Les épaules d'Anna retombent.

— Et si on cherchait dans ton appartement. On trouvera peut-être une piste ? je suggère.

Luke et Anna approuvent. Un gardien vient nous signifier la fin de la visite. Luke nous explique où trouver les clés de chez lui. Juste avant qu'il parte, Anna saute au cou de son frère pour l'embrasser. Il est d'abord choqué, puis la serre dans ses bras avant que le gardien ne les sépare. Luke s'éloigne, tend ses poignets pour les menottes, mais ne quitte pas sa sœur des yeux. Anna retient ses larmes.

Elle et moi repartons sans un mot.

— Ça va aller, Anna ?

— Oui. Merci de m'avoir accompagnée. J'aurais craqué sans toi.

— Tu as été très forte, et je n'ai rien fait du tout… j'étais même gênée de vous déranger.

— Jamais de la vie, Amelia. Jamais je n'aurais voulu venir ici avec quelqu'un d'autre. J'ai confiance en toi.

Confiance.

Gloups.

Ce sera dur d'abandonner ma vie d'ici.

CHAPITRE 8

Dimanche. Lendemain de notre visite à la prison. Anna, Charlotte et moi montons l'escalier de l'immeuble de Luke. Comme son loyer a été payé d'avance pour les deux prochains mois, le propriétaire n'a pas touché à ses affaires.

Cet endroit me donne la chair de poule, le couloir est à peine éclairé et sent la cigarette. Le plafonnier clignote, ce qui accroît cette sensation étrange. Une bande de sécurité rouge et blanche pend devant la porte de Luke. Je ne sais pas si notre démarche sera concluante, l'appartement ayant déjà été inspecté par la police, mais au moins on aura essayé.

Anna soulève la plante verte décrite par son frère.

— Zut, cinq clés, dit Charlotte.

Anna en attrape une, puis l'introduit dans la serrure. Ce n'est pas la bonne. Elle recommence avec la suivante, et ainsi de suite jusqu'à la cinquième. Aucune ne fonctionne.

— Merde, Amelia, c'est bien son appart, n'est-ce pas ?

— Oui… mais il avait dit « dans » la plante, non ?

Anna remonte sa manche en grimaçant de dégoût, puis plonge la main dans la terre… et en ressort une clé emballée dans un sac en plastique. Bingo. C'est la bonne. On entre en refermant vite la porte dernière nous. Contrairement à ce que j'imaginais, l'appartement de Luke est bien rangé.

— Au travail, les filles. Greg est mort vers dix-huit heures, on doit trouver un moyen de prouver où était Luke à ce moment-là.

On se répartit la tâche. On inspecte chaque placard, on déplace la vaisselle, on regarde derrière les meubles.

L'ordinateur de Luke n'a pas été saisi, Anna le rallume. Charlotte parcourt les papiers éparpillés sur la table et le comptoir. Je m'aventure dans la chambre. Nous recherchons des preuves de son innocence, j'espère tomber sur des détails qui auraient été négligés.

Des vêtements sont jetés en tas dans un coin, le lit est un simple matelas posé à même le plancher. Les draps sont en désordre, les oreillers n'ont pas de taie. Le papier peint se décolle des murs. L'ameublement consiste en un petit bureau et une chaise pliante. Bureau qui semble prometteur avec ses tiroirs et son imprimante.

Pour l'instant, je ne vois que des factures et des menus à emporter. Le premier tiroir contient des chargeurs et des fournitures. Celui du dessous déborde de papiers et de boîtes de jeux vidéo. Je tombe même sur une boîte de préservatifs. C'est tellement gênant de fouiller les affaires de Luke, même s'il nous y a autorisées.

Je commence à douter, après tout, si la police n'a rien trouvé, comment nous, des amatrices, pourrions mieux faire ? Je n'aurais jamais dû suggérer cette idée.

Agacée, je me lève et repousse la chaise, puis m'emmêle les pieds dans les draps de Luke. *Argh,* moi et ma maladresse légendaire. J'en ai marre de ce lit stupide, je n'ai pas envie d'y toucher, qui sait quand Luke a lavé ses draps pour la dernière fois ? Mais Anna compte sur moi, alors de guerre lasse, je les soulève et… je remarque un dossier à moitié caché, comme si Luke s'était laissé distraire et l'avait abandonné. Ou alors les policiers ont considéré que c'était sans importance. Moi, je suis curieuse, alors je l'ouvre et le feuillette. La signification de ce que je suis en train de lire me frappe soudain.

Quoi ?

Mon sang se glace dans mes veines. J'oublie de respirer.

Pourquoi ?

Quand je passe à la page suivante, ma gorge se serre.

Comment ?

Les mots tournent en boucle dans mon cerveau, j'en ai les mains qui tremblent.

— Venez voir, j'ai trouvé quelque chose !

La voix de Charlotte me ramène sur terre. Je referme le dossier, puis le fourre au fond du tiroir, sous les jeux vidéo, comme si je n'étais jamais tombée dessus, comme s'il n'avait jamais surgi dans mon existence.

Je prends deux ou trois profondes inspirations avant de rejoindre les autres. Charlotte et Anna sont penchées sur une facturette défroissée.

— C'était dans la poche de sa veste, explique Charlotte. Même jour que le meurtre, à 17 h 16.

— Le magasin Howard, c'est où ? je demande.

— L'adresse est en bas, en tout pet...

Un fracas de verre brisé interrompt Anna. Chacune de nous pousse un cri et s'accroupit instinctivement. Un objet lourd vole dans les airs avec un éclair rouge.

Soudain, je suis ailleurs. Ma vue se brouille. Je retiens ma respiration. Je suis dans une chambre blanche. Une poupée transpercée par un couteau est posée sur le lit. Des éclats de verre me tranchent le bras. Une brique entourée d'un papier atterrit sur le tapis. Une menace de mort. Tony.

— Connard ! Dégonflé ! hurle Anna en se redressant devant la vitre brisée.

Éloigne-toi de la fenêtre, Anna ! Les mots sont coincés au fond de ma gorge. Je rampe vers elle pour l'obliger à se protéger. Il va nous tuer.

— Non, dis-je d'une voix rauque, à peine audible.

Anna va mourir à cause de moi, mes amis ne sauront même pas pourquoi.

— Ce mec est un taré, vocifère Anna.

Elle n'a aucune idée du danger qui la menace.

— Ryan, je te hais ! ajoute-t-elle.

Ryan ?

Je me redresse et aperçois sa Mustang rouge démarrer en trombe pour sortir du parking. Anna détache le papier qui entoure la brique. On dirait une feuille sortie du livre de Tony.

J'appelle Aiden. Normal, c'est toujours à lui que je m'adresse quand j'ai besoin d'aide. Il me demande si tout va bien, puis nous pose des questions précises et promet d'arriver très vite.

Charlotte et moi nettoyons les débris pendant qu'Anna appelle le propriétaire pour signaler le problème. L'air froid de janvier s'insinue dans la pièce, je reboutonne ma veste. Dix minutes plus tard, on frappe à la porte, Aiden et Julian sont là.

— Mais oui, on va bien ! murmure Anna, en se lovant dans les bras de Julian.

J'en fais autant dans ceux d'Aiden. Anna montre aux garçons le papier qui entourait la brique balancée par Ryan.

— Ce débile n'a vraiment rien d'autre à faire, déclare-t-elle.

— Qu'il rôtisse en enfer, grogne Julian.

Anna reprend le papier, le réduit en boule pour la énième fois puis le jette par terre.

— Je m'en fous de ses menaces !

De nouveaux coups sont frappés à la porte. Noah et Chase entrent. Ce dernier se précipite sur Charlotte qui s'écarte, gênée.

— Où est Mason ? demande-t-elle.

— Il arrive avec la bouffe, répond Noah.

— J'ai du contreplaqué dans le coffre, ça devrait aller pour réparer la fenêtre, dit Julian, en posant un baiser sur le front d'Anna.

— Tu es sûre que ça va ? chuchote Aiden à mon oreille.

Il se souvient, je le sais. Il se souvient de l'histoire de Tony qui a jeté une brique par ma fenêtre. Il sait que cela m'a dérangée à plus d'un titre et quels souvenirs cela évoque pour moi. Je glisse mes doigts entre les siens.

— Oui, ça va.

Ses yeux me scrutent. Aiden n'est pas convaincu, mais n'insiste pas davantage. Les garçons redescendent chercher le matériel dans le coffre de Julian. C'est une bonne idée qu'il ait pensé à cette réparation et cela me détourne de mes pensées noires.

— Je ne comprends pas comment Ryan a su que nous étions ici, remarque Charlotte.

— Il nous a peut-être suivies ? dis-je.

Les garçons entrent, avec Mason cette fois-ci. Nous sommes au complet.

— Tout va bien ? demande le nouveau venu en me fixant un peu trop longtemps.

Le souvenir de la soirée me fait rougir.

— Oui, répond Anna en plongeant la main dans le sac de nuggets. On en était où… Ah oui : comment Ryan est remonté jusqu'à nous ?

— Euh… c'est peut-être à cause de moi, répond Chase, penaud.

— Quoi ? s'exclame-t-on en chœur.

— Qu'est-c't'as foutu, c'est un dingue ! s'exclame Anna.

— On s'est croisés à la salle de sport. Vous savez comment il est, super énervant, provocateur, il ne me lâchait pas.

— Et alors ? s'impatiente Anna.

— Je crois que je lui ai dit que vous vouliez prouver l'innocence de Luke, ajoute Chase d'une toute petite voix.

Une explosion de « Chase ! », « Quoi ! », « T'es sérieux ! » retentit.

— Pardon ! Je suis désolé, mais je ne savais plus comment me débarrasser de lui.

— Bref, reprend Anna, qu'est-ce qu'on fait avec Ryan ?

— Je croyais qu'on devait éviter la guerre avec lui et sa bande, je m'inquiète aussitôt.

L'escalade n'est pas une bonne chose, on ne doit pas agiter un chiffon rouge sous le nez de Ryan pour qu'il s'intéresse à nous, à moi. Je ne veux pas gâcher le temps qu'il me reste ici.

— Ce n'est pas nous qui avons déclaré la guerre ! s'emporte Anna. On ne se laissera pas faire.

J'échange un regard inquiet avec Aiden qui me comprend parfaitement.

— Laisse tomber, Luke a davantage besoin qu'on s'occupe de lui, lance-t-il.

À mon grand soulagement, un murmure d'approbation salue la remarque d'Aiden.

— Ça a donné quoi, vos recherches dans l'appartement ? demande Julian.

Anna montre alors le ticket de chez Howard.

— Ils ont sûrement des caméras de surveillance, suggère Mason. Je connais ce magasin, c'est tout près d'ici.

— On ira demain après les cours, conclut Aiden.

Anna accepte en ronchonnant. De toute façon, on ne peut rien faire de plus aujourd'hui.

CHAPITRE 9

La journée de cours se passe bien. On reçoit plein de félicitations (principalement les garçons) à propos de la fête organisée par Noah. Tout le monde s'est bien amusé, personne ne mentionne le couteau de Ryan ou ses menaces envers Anna.

J'ignore Kaitlyn et ses amis, même si nous avons certains cours en commun. Je sais aussi qu'il faut beaucoup de volonté à Anna pour ne pas l'affronter ou lui arracher une touffe de cheveux.

Je retrouve celle-ci dans l'escalier après le dernier cours.

— Tu es prête ? Les autres sont déjà à la voiture de Julian, me dit-elle.

— Je passe en vitesse à mon casier et je vous rejoins.

En chemin, je croise Aliyah qui me décoche un regard noir. Visiblement, elle n'a pas digéré ce qui est arrivé vendredi soir. Tant pis.

Dès que j'ai récupéré mes cahiers, je file au parking par un raccourci, mais quand j'ouvre la porte, je tombe sur la Mustang de Ryan et non la voiture de Julian. Ma peur incontrôlable d'hier et mon sentiment d'impuissance remontent en flèche. J'ai l'impression d'étouffer. La colère gronde en moi. Sans réfléchir, je fonce droit sur la voiture rouge.

— Hé, connard !

Une petite voix intérieure – mon côté rationnel – me souffle que je suis stupide d'agir ainsi avec ce type qui menaçait mon amie avec un poignard, il y a moins de trois jours. Mais mon côté fou et impulsif l'ignore.

Ryan sort de voiture, l'air amusé.

— Ton copain n'est pas là ! lance-t-il, narquois.

— Ça t'amuse de casser les carreaux à coups de briques ? Tu aurais pu blesser quelqu'un.

— Je m'en fous.

— T'es complètement dingue, Ryan.

Kaitlyn observe la scène sans un mot, comme l'autre soir. Cela ne lui ressemble pas. C'est plus fort que moi, je l'apostrophe :

— Mais qu'est-ce que tu fiches avec ce mec, Kaitlyn ? C'est un malade.

— Et toi ? Pourquoi tu nous cherches tout le temps ?

Sa question me sidère. Il me faut quelques secondes avant de reprendre le dessus.

— Moi, je vous cherche ? Qui est venu gâcher notre soirée ! Qui menace Anna avec un couteau ? Qui nous suit dans toute la ville et vient jeter des briques au risque de tuer quelqu'un ?

— Elles étaient là quand t'as balancé ta brique ? demande Kaitlyn à Ryan.

— Bah, faut croire, répond-il en haussant les épaules.

— Mais tu avais…

— Retourne dans la voiture, dit-il, hargneux.

— Hé, je…

Il l'attrape durement par le poignet pour la forcer à se tourner.

— Arrête de lui faire mal ! je m'exclame.

— Occupe-toi de tes affaires.

Quand je tente de m'interposer, Ryan me saisit aussi le poignet. Kaitlyn d'un côté, moi de l'autre. Et ça fait mal. J'essaye de me dégager, mais l'étau se resserre sur mes os.

— Je t'ai demandé de te mêler de tes affaires, sale fouineuse, articule Ryan entre ses dents.

Les yeux de Kaitlyn croisent les miens durant une fraction de seconde. Elle est moi, je suis elle, la même peur nous habite. Un tremblement me secoue le corps, je peine à respirer. Quelle idiote, qu'est-ce qui m'a pris de le provoquer ?

Puis je me souviens qui je suis. Je me souviens de ce que j'ai déjà vécu. Je redresse les épaules, je fixe

Ryan droit dans les yeux. Je ne laisserai pas ce taré à queue-de-cheval me soumettre à sa volonté.

Tout se passe ensuite très vite, trop vite pour qu'il réagisse. Je prends un bon appui sur les jambes et lui donne un coup de coude dans le menton pour me dégager. Mon geste brusque le prend par surprise et permet aussi à Kaitlyn de le repousser.

— Ne recommence jamais ça ! lui crie-t-elle avant de remonter dans la Mustang.

Elle reste avec lui ?

Puis elle appuie furieusement sur le klaxon pour forcer Ryan à la rejoindre.

— Ton tour viendra, me lance-t-il avant de pivoter pour aller vers la voiture.

Je les regarde en essayant d'ignorer le mauvais goût que ses mots me laissent dans la bouche. Je masse mon poignet. J'aurai sûrement un bleu demain. Le même que Kaitlyn.

CHAPITRE 10

Après cette altercation pénible, je n'ai plus envie d'aller jouer les détectives chez Howard avec les autres. Je veux juste rentrer à la maison et manger une tartine de Nutella. Peut-être aussi me blottir sous ma couette et prétendre que ma vie ne part pas en vrille.

J'envoie des excuses rapides à Anna et lui demande de me tenir au courant de ce qu'ils trouveront. Une voix m'interpelle juste quand j'ouvre ma portière. C'est Aiden qui court vers moi. J'enfile ma veste en vitesse, même si l'ecchymose n'est pas encore visible sur mon poignet.

— Tu pars ? Ça va ?

Il faut que je m'empêche de tirailler la manche, elle couvre largement ma main, pas de problème. Je me raisonne, Aiden ne serait pas aussi calme s'il m'avait vue avec Ryan.

— Oui, très bien.

— Anna dit que tu ne viens plus.

— Je suis fatiguée. Et on n'a pas besoin d'être huit, dis-je, mal à l'aise.

Aiden m'observe en silence. On entend une voiture démarrer et des pneus crisser sur l'asphalte.

— Je suis partagé entre l'envie de te laisser tranquille et celle de ne pas te lâcher pour comprendre ce que tu me caches, soupire-t-il.

— Ah, parce que tu crois que je te cache un truc.

Je sais mentir, mais ça ne marche jamais avec Aiden. Ses yeux gris me sondent jusqu'au tréfonds de mon âme.

— Thea, comment veux-tu que je t'aide si tu ne dis rien ?

Mon cœur se serre. Je déteste lui faire des cachotteries, mais je ne peux pas lui raconter ce qui vient de se passer avec Ryan. Il irait direct lui trancher la gorge.

Je danse d'un pied sur l'autre en essayant d'inventer une excuse. Aiden a compris qu'un truc ne tournait pas rond, c'est fichu maintenant, il ne me lâchera plus.

Une autre chose me turlupine.

— Les autres sont déjà partis ? je demande.

— Oui, je leur ai dit de ne pas nous attendre.

— Super. On se retrouve à l'appart de Luke, il faut que je te montre quelque chose.

— Quoi ? dit-il en retenant ma portière.

— Pour que tu comprennes ce qui me préoccupe.

C'est en partie la vérité, n'est-ce pas ?

Je pars avant Aiden, mais il est déjà garé quand j'arrive devant l'immeuble de Luke. Trop fort.

On monte ensemble, je plonge la main (avec une grimace) dans la plante verte. Le couloir est toujours aussi lugubre avec son ampoule clignotante.

On entre chez Luke. Rien n'a bougé depuis notre passage, mais il y fait plus sombre avec le panneau de contreplaqué en guise de vitre. J'emmène Aiden dans la chambre à coucher.

— Euh, Thea, si c'est ce que tu voulais, mon lit est plus confortable, dit Aiden. Et plus propre.

— Aiden ! C'est sérieux, là.

Je sors le dossier du tiroir, puis attends sa réaction. Son visage reste de marbre durant sa lecture, il lâche parfois un « hum ». Je m'impatiente.

— Alors ?

— Quoi, alors ?

— Aiden ! Tu en penses quoi ?

— Qu'il ne faut pas en tirer trop vite des conclusions.

— Pardon ?

— Du calme, Thea. On n'a pas assez d'éléments pour juger.

— Il y en a assez pour comprendre.

— Ce n'est pas aussi noir qu'il y paraît.

J'ai l'impression qu'il le dit pour s'en convaincre. Cette fois-ci, son visage le trahit : la peur. Aiden essaye de se montrer fort, de m'assurer que notre monde n'est pas en train de s'écrouler, mais c'est trop tard, on le sait tous les deux.

Le dossier que j'ai découvert est rempli de documents sur Tony. Tony, l'homme que je fuis depuis un an. Celui qui m'a enfermée dans son sous-sol pendant trois jours. Celui qui essaye de me tuer.

Tony.

Il y a des polaroïds, datés au dos d'il y a vingt ans. On reconnaît Tony au milieu d'un groupe. Il y a des informations sur d'autres hommes aussi, mais celles concernant Tony sont les plus nombreuses. Il y est désigné sous son identité complète, Anthony Derosso. Luke sait-il qui je suis ? Me surveille-t-il aussi ? Pourquoi est-il en possession d'informations sur Tony ?

— Qu'est-ce que vous foutez là ?

Je sursaute. Anna se tient dans l'encadrement de la porte. Nous étions tellement absorbés que ni Aiden ni moi ne l'avons entendue entrer dans l'appartement.

Aiden repousse le dossier afin qu'Anna ne le voie pas. Bonne réaction, inutile de l'impliquer dans cette partie de ma vie.

— J'ai oublié ma clé hier ! dis-je, en croisant les doigts pour que mon mensonge paraisse crédible.

— Comment ça s'est passé chez Howard ? enchaîne Aiden, sans laisser le temps à Anna de commenter.

— Ils ont des caméras, mais il faut un mandat pour consulter les images. Un mandat ! Non, mais je rêve. Du coup, je…

Aiden entraîne Anna vers la pièce principale. J'en profite pour dissimuler le dossier dans mon sac, puis je détache ma clé de maison du trousseau avant de les rejoindre.

— Voilà, je l'ai retrouvée !

Anna me jette un bref coup d'œil tout en poursuivant ses explications.

— On a d'abord proposé de lui filer un pourboire, mais le gars a refusé, alors Charlotte lui a joué son grand numéro de drama queen, et il a accepté de nous laisser regarder la vidéo : Luke était bien chez Howard, complètement bourré, ce qui était assez gênant. J'ai tout filmé avec mon portable.

Anna nous montre la vidéo. Elle a raison, c'est un peu triste : Luke parvient à peine à tenir debout, il trébuche, jette de l'argent sur le comptoir, glisse le reçu et la monnaie dans sa poche. Des pièces tombent par terre sans qu'il s'en rende compte. Il ressort du magasin. La caméra extérieure prend le relais. Luke se penche, vomit dans le caniveau puis s'éloigne hors champ. Le film s'arrête.

— L'horodatage de la caméra indique 17 h 25. C'est une preuve, non ? Mon frère était bien trop bourré pour tenir debout, alors aller tuer un mec… Mais Julian, avec son esprit cartésien, a fait remarquer qu'il avait encore le temps de se rendre chez Aiden, ce n'est donc pas suffisant pour l'innocenter. On a toujours du pain sur la planche, quoi.

— Tu as transmis la vidéo à son avocat ? demande Aiden.

— Bien sûr.

On repart. Avec le dossier dans mon sac cette fois-ci. Hors de question de laisser traîner une bombe pareille. Je ne sais pas ce qui se trame, mais j'ai besoin de réponses… et il n'y a qu'une seule personne qui puisse me les donner.

CHAPITRE 11

Quand j'arrive à la maison, je suis accueillie par un air tonitruant de musique espagnole. Ça vient de l'étage. Agaçant. Cela signifie que maman est en haut avec le père de Mason.

Je claque la porte d'entrée, balance mes chaussures à travers le hall. *Pof, pof,* elles atterrissent avec un bruit sourd. Je marche comme un éléphant jusqu'à la cuisine, je claque les placards. Bref, je fais le plus de bruit possible. Juste après avoir jeté mon couteau plein de Nutella dans l'évier, où il rebondit avec des cliquetis satisfaisants, la musique s'arrête. Voilà, ils savent enfin que je suis rentrée. J'ai peut-être gâché leur rendez-vous galant. Tant mieux.

Je traîne une chaise sur le carrelage, puis m'installe pour manger mon sandwich. J'entends la porte de la chambre de ma mère grincer, puis ses pas dans l'escalier.

— Qu'est-ce que tu fais ici ? me demande-t-elle.

Elle remet de l'ordre dans ses cheveux, mais est habillée décemment, c'est déjà ça.

— T'es sérieuse ? Il est dix-huit heures, les cours sont finis depuis deux heures, je suis plutôt en retard, tu veux dire.

— Oh ! Je n'ai pas vu passer l'heure.

Entre elle et moi, qui est l'adulte responsable, hein ?

— Brian ! Tu peux descendre, c'est juste Amelia ! crie-t-elle au pied de l'escalier.

Je la suis pour ne pas perdre une miette du spectacle.

— Pourquoi tu es en retard, tu étais où ? reprend-elle.

— Quelle importance ? Tu ne l'avais même pas remarqué.

— Bonjour, Amelia ! On se rencontre souvent ces temps-ci !

Il m'énerve avec ses blagues minables.

— Ça vous dérangerait d'être plus discrets ? On dirait que vous rêvez d'être pris en faute, c'est dingue. Si je ramène des potes, on fait comment ?

— Je me suis garé plus loin, répond Brian avec plus de sérieux. Mais tu as raison, on doit se montrer plus prudents.

— Vous devez surtout arrêter de jouer la comédie à votre famille et avouer que vous êtes un beau salaud, je maugrée.

— Amelia ! Surveille ton langage !

— C'est bon, Caroline. De toute façon, il faut que j'y aille.

Brian embrasse ma mère, qui lui donne une clé de chez nous.

— Je vous remercie, Aiden et toi, pour votre discrétion, ajoute Brian. Je réfléchis toujours à la meilleure façon d'annoncer ça à Mason. Je ne veux pas lui faire de mal, mais je ne peux pas non plus me passer de ta mère, Amelia. Ce n'est pas une simple passade entre elle et moi…

Je me moque de son baratin. Il se soucie de maman ? Ils sont amoureux ? Je refuse d'y penser. Tout ce que je vois, c'est la déception sur le visage de Mason quand il l'apprendra et combien il me détestera pour n'avoir rien dit.

Assez. Je lui montre la porte pour qu'il sorte.

— À la prochaine, Amelia, dit-il en ouvrant.

— J'espère qu'il n'y aura pas de proch…

J'ouvre des yeux ronds en reconnaissant Anna, en train de remonter notre allée. Maman la voit aussi, puis se précipite dans l'escalier pour remonter.

Trop tard pour Brian qui est déjà sur notre perron. Il s'éloigne comme si de rien n'était. Comme s'il ne venait pas de tromper sa femme et son fils. Le parfait salaud. Tout va bien dans son monde.

— Bonjour, Anna ! lance-t-il.

Elle le regarde, sourcils froncés, puis monte les trois marches de notre perron. Je retiens mon souffle. Elle tient une clé à la main.

— Tu l'as encore oubliée. J'avais peur que tu sois coincée dehors.

Quelle idiote. J'étais perturbée par le dossier et l'ai laissée sur la table basse.

— Je suis passée par le garage, merci, Anna.

— C'est bizarre, Mason m'a dit que son père était en voyage d'affaires... Pourquoi est-ce qu'il...

Je rougis violemment. Fine mouche, Anna écarquille les yeux.

— Non ! Ta mère et son père ? C'est complètement dingue ! Quand Mason va l'apprendre, ça va barder.

Je tire Anna par la manche pour la faire entrer.

— S'il te plaît, Anna, ne lui dis rien. Pas pour l'instant.

— Quoi ? Mais il a le droit de savoir. Et sa mère, encore plus, merde alors ! Pauvre Natalia, elle ne mérite pas ça... Depuis combien de temps tu es au courant ?

— *Euh*... un certain temps.

— T'es complètement folle !

— Je suis nulle, je sais, mais je n'y arrive pas. Je te jure que je le lui dirai, mais pas tout de suite. J'ai demandé à Brian d'en parler, c'est tout de même à lui de s'y coller. S'il ne le fait pas, je m'en occuperai.

Une chose à la fois surtout. D'abord, sortir Luke de prison. Puis, neutraliser le père d'Aiden, évacuer Ryan et Kaitlyn de mon paysage, rester loin de Tony et de cette stupide application. Avouer la vérité sur Brian à Mason arrive en dernier. Ensuite, ce sera le retour à la normale.

— Aiden est au courant ? demande Anna.

— Oui.

— Et il ne lui a rien dit ?

— Je lui ai demandé d'attendre.

— D'accord… mais il faudra bien le faire un jour ou l'autre, Amelia.

— Promis. Si Brian ne s'en charge pas.

Peut-être que je serai partie depuis longtemps quand Brian se décidera enfin à discuter avec sa femme et son fils. Autrement dit, je continuerai d'être lâche, même si ce n'est ni ce que je veux, ni ce que Mason mérite…

Ma mère et Brian vont-ils continuer de se fréquenter après notre déménagement ? Je voudrais juste retrouver un semblant de normalité, cette normalité qui me glisse entre les doigts, moi qui ne fais rien d'autre que de contempler ma vie, impuissante.

CHAPITRE 12

Les jours suivants filent sans événement particulier. Mason est égal à lui-même, j'en déduis qu'Anna tient sa promesse en gardant le silence. Ce qui signifie aussi que Brian ne lui a toujours pas parlé.

Alors que je me prépare pour le lycée, mon téléphone bipe. Je reçois un texto d'Aiden.

Je passe te prendre dans 10 min.

Des papillons volent au creux de mon ventre ! Aiden arrive, super !

Depuis l'épisode Ryan, je porte des manches longues, serrées aux poignets pour éviter qu'elles ne remontent par accident. Mon ecchymose est jaune violacé. On ne s'est pas concertées, Kaitlyn et moi, mais j'ai remarqué qu'elle s'habillait de la même façon. Elle fait de son mieux pour m'éviter, tout en restant garce. C'est un de ses grands talents.

J'entends une voiture freiner. C'est le Challenger noir d'Aiden. Vite, j'attrape ma veste et descends l'escalier comme un bolide. Je m'assois près de lui, dépose un baiser sur ses lèvres souriantes puis boucle ma ceinture de sécurité.

— Tu viens toujours avec moi à l'interview de ce soir ? me demande-t-il.

— Bien sûr.

Une autre chaîne locale souhaite l'interviewer sur sa relation avec Andrew Kessler et rappeler combien ce dernier est un être humain immonde, qui mérite d'aller moisir en prison, mais sûrement pas de devenir gouverneur de l'État.

— Du moment que je n'apparais pas à l'écran, j'ajoute.

— Tu dois juste m'encourager comme une gentille pom-pom girl ! Et surveiller les commentaires en ligne.

Comme je ne suis pas sur les réseaux sociaux, Aiden me prête son portable. Cela me donne l'impression d'être une ado normale. Son compte est littéralement pris d'assaut par des posts de soutien moral, mais aussi des menaces de mort, que je bloque avant qu'il ne les lise.

— D'accord ! J'ai un peu froid, dis-je en tendant la main vers le bouton de chauffage des sièges.

Aiden écrase la pédale de frein.

— C'est quoi, ça ?

— Bah, tu connais pourtant mieux ta voiture que moi !

Il se gare sur le bas-côté, puis attrape mon bras.

— Ça, Thea, dit-il en désignant mon poignet.

— Rien.

— Un bleu de cette taille avec des empreintes de doigts ?

Merde. Je tire sur ma manche.

— Mais non… C'est juste un bleu, je suis maladroite, tu me connais.

Aiden ferme les yeux, inspire, expire à fond pour ne pas exploser de colère.

— Ça s'est passé quand avec Ryan ?

Les battements de mon cœur s'accélèrent. La clairvoyance d'Aiden me prendra toujours au dépourvu.

— Comment tu as deviné que c'était lui ?

— J'ai des cellules grises, tu te souviens ? Et tu viens juste de confirmer que c'était lui.

Quelle crétine ! Je suis tombée dans le piège, comme d'habitude. Je ne peux pas laisser Aiden jouer au preux chevalier pour me défendre comme il l'avait fait pour cet autre bleu laissé par Dave sur mes côtes. Il faut que je désamorce cette histoire.

— Aiden, je te jure que ce n'est pas si grave.

— Tu rigoles ou quoi ? Ton poignet est violet, la marque est énorme. Tu as d'autres bleus ? Montre-moi. Si ce salaud t'a…

— Non ! Je n'ai rien d'autre, je t'assure. Calme-toi, Aiden.

— Il s'est passé quoi ? dit-il en plongeant ses yeux dans les miens.

— Ryan était brutal avec Kaitlyn, alors je me suis interposée. Rien de plus.

— Tu me le jures ?

— Oui, Aiden.

Il redémarre en trombe, sans se soucier de la limitation de vitesse.

— Je te l'ai dit et redit, celui qui ose toucher à un seul de tes cheveux, je le lui ferai payer cher.

— Aiden ! Calme-toi, tu conduis trop vite !

Ses doigts sont blancs à force de serrer le volant.

— Ralentis, s'il te plaît !

Je n'ai pas peur d'Aiden, mais j'ai peur *pour* Aiden. Qu'a-t-il derrière la tête ? Il ne dit plus rien, garde les yeux fixés sur la route, puis ralentit enfin à l'approche du parking. Les pneus crissent. Il coupe le moteur, descend de voiture le dos raide, les muscles tendus, scrute les voitures déjà garées.

— Aiden, s'il te plaît, écoute-moi.

Trop tard, sa cible est en vue. Ryan vient d'entrer dans le parking, au volant de sa Mustang rouge.

Noah, Mason et Anna nous attendent non loin.

— Hé ! Qu'est-ce qui se passe ? demande Noah.

Aiden l'ignore, marche vers Ryan d'un pas décidé. Je le retiens par la chemise.

— Arrête, s'il te plaît ! Si tu te bagarres avec lui, tu seras exclu plusieurs jours.

Ses yeux me sondent. Je lis la fureur qui les habite. Ils descendent ensuite vers mon poignet. *Quelle erreur de débutante, je suis trop nulle.* Aiden m'écarte doucement de son chemin et repart. Je lui cours à nouveau après.

— Aiden, on sait tous que tu es plus fort que Ryan, il le sait aussi. Mais je ne veux pas que tu te battes pour moi. S'il te plaît, laisse tomber.

— Je ne peux pas accepter qu'il te fasse mal.

— Je sais, mais pour une fois, laisse tomber… on n'a peut-être plus beaucoup de temps ensemble, je ne veux pas qu'on le gâche à cause de Ryan.

Mon argument fait mouche, Aiden s'arrête enfin. Je glisse mes doigts entre les siens et l'entraîne dans la direction opposée.

Aiden se laisse guider, mais son attention est toujours fixée sur la voiture de Ryan qui s'éloigne à vive allure… Ryan ignore qu'il a failli avaler toutes ses dents.

CHAPITRE 13

Aiden reste tendu tout au long de la journée, c'est une évidence pour ceux qui croisent son chemin. Il est peut-être contrarié, mais je suis soulagée que la situation n'ait pas dégénéré. Aiden est intelligent, il peut sans problème décrocher une bourse d'études, mais je ne souhaite pas qu'il gâche ses chances en se battant pour moi. Son avenir est plus important.

Nous n'avons pas l'occasion de reparler avant la fin des cours. Je lui raconte l'histoire en détail quand il me ramène à la maison. Il ne m'interrompt pas, jure à voix basse, marmonne : « J'espère que Ryan ne deviendra pas comme son père. » Durant son enfance, Aiden a vécu avec Greg, il sait à quel point c'était un beau-père violent.

Aiden me dépose pour aller chercher ses frères à l'école et les ramener chez Mason, et promet de revenir en début de soirée pour l'interview. Il paraît que Natalia chouchoute beaucoup les jumeaux. Je me change en vitesse. Une heure plus tard, on roule en direction du studio de télévision.

Une fois sur place, on nous escorte jusqu'au plateau. Je me tiens sagement derrière les caméras pendant que l'équipe technique installe Aiden. Il est à l'aise, ce qu'il s'apprête à dire est déjà inscrit dans son esprit.

De mon côté, je déverrouille son téléphone. Pas pour fouiner. Si l'un de nous deux a des secrets, c'est plutôt moi. Mais plus maintenant. J'ouvre son appli S-Live Time, m'amuse à faire défiler des images stupides. Si seulement j'avais mon propre accès Internet. Je rêve de poster des photos de mes amis sans trembler à cause d'un meurtrier. En théorie, je pourrais ouvrir un compte sous un pseudo, mais cela reste dangereux.

Une vidéo m'interpelle… elle me semble familière. Mon cœur s'arrête. Non, pas possible. C'est trop de coïncidence. D'abord le dossier et maintenant ça ? Ma chaise bascule quand je me lève brusquement, je crois qu'on me crie après parce que je fais du bruit alors qu'ils sont en direct, mais je m'en fiche. J'ai besoin d'air.

Je ne sais pas comment, mais je réussis à gagner la sortie. Une fois dehors, je prends de profondes inspirations avant d'appuyer sur *Lecture*. La vidéo se lance avec le son. Elle a été tournée à l'intérieur d'un lycée, mon lycée. On m'y voit, face à Kaitlyn qui est prête à me sauter dessus. Mon visage apparaît en gros plan, ma voix est claire comme du cristal. Je reconnais l'affiche *Go Lions !* sur le mur du hall.

C'est bien moi, sur les réseaux sociaux que j'ai toujours soigneusement évités.

Cette vidéo avait été mise en ligne par Ethan Moore. J'étais allée le trouver pour l'obliger à la retirer. Comme il refusait, je l'avais piégé en l'enfermant dans un débarras et lui avais voler son téléphone et son ordinateur portable. Dont Aiden s'était déjà occupé.

Aiden *avait dit* qu'il s'en était occupé.

Alors pourquoi cette vidéo compromettante traîne-t-elle toujours sur le Net ? Et depuis combien de temps ? Tony l'a-t-il visionnée ? Est-il déjà à mes trousses ?

La porte s'ouvre, Aiden m'aperçoit, adossée au mur.

— Pourquoi tu es partie en courant ? Un problème ?

— Tu m'as menti ?

— De quoi tu parles ?

— De ça !

— Tu peux m'expliquer ? dit Aiden, imperturbable, alors que je brandis le téléphone sous son nez.

Je déclenche la vidéo.

— Tu m'avais pourtant juré qu'elle était détruite.

— Je l'ai détruite. Et ce n'est pas Ethan qui a posté ça.

— Alors pourquoi elle est là ?

J'ai les tempes battantes, je tremble comme une feuille. Après tout ce que j'ai enduré ces derniers mois, cette simple vidéo peut me perdre. Kaitlyn a gagné.

— Tu as vérifié qui l'a postée ? demande Aiden, en cliquant sur son téléphone.

— Non. Qui ?

— Un site de fans de combats de filles. Ces mecs traquent les vidéos et les publient. Ils ont sûrement enregistré celle d'Ethan avant que je la supprime, elle date du même jour.

Je suis anéantie. Évidemment ce qui est publié sur le Net laisse toujours une trace.

— Ça veut dire que je dois déménager, Aiden. Et en vitesse. Je ne sais même pas si on pourra rester en contact, toi et moi. Si jamais Tony comprend que tu comptes pour moi, il s'en prendra à toi… Et ma mère qui va me faire son cirque.

Mon Dieu. Je ne veux pas partir une seconde plus tôt que ce qui était prévu. Je ne devrais pas avoir à le faire. Tout ce que je désire, c'est une vie normale qui dure plus de deux minutes d'affilée, pour voir mes amis, sentir la main d'Aiden dans la mienne, ses lèvres sur les miennes… Pourquoi dois-je m'arracher à ceux que j'aime ?

Aiden s'agenouille près de moi et me prend dans ses bras.

— Du calme, Thea. Tu ne partiras qu'à la dernière seconde possible. Crois-moi, s'il te plaît.

La réalité s'impose à moi : je dois partir au plus vite. Mes larmes coulent, incontrôlables. Je ne ferais jamais ce que je m'étais promis pour aider mes amis, pour tout arranger avant de disparaître, laisser un souvenir positif dans leur esprit. Aucune de mes promesses ne sera réalisée. Luke restera en prison, Charlotte continuera d'hésiter entre Noah et Chase. Chase, qui a le cœur brisé à cause de moi. Mason, qui ignore toujours que son père trompe sa mère. Aiden, qui a son connard de père prêt à lui faire du mal. Je suis effondrée. Je dois avertir mon agent fédéral.

— Il faut que j'appelle Dylan, je murmure.

Aiden prend mon visage entre ses mains. Ses pouces essuient mes larmes. Son geste doux finit par m'apaiser.

— Écoute-moi : je t'aime, Thea. Tu sais très bien que je ne te laisserai pas sortir de ma vie.

Ce n'est pas la première fois qu'il le dit, mais c'est toujours aussi réconfortant de l'entendre.

— Oui, mais…

— Tu veux vraiment partir d'ici ?

— Non, mais…

— Alors ne pars pas. On trouvera une solution ensemble… Rien dans la vidéo ne permet d'identifier où elle a été tournée. Tu sais combien de lycées américains ont la même affiche pour leur mascotte ?

Des tonnes. Tony a très peu de chances de retrouver le nôtre. Il faudrait qu'il te reconnaisse en plus.

— Je me fais des films alors ?

— Je crois surtout que tu n'as pas besoin de partir tout de suite.

— Pardon de t'avoir accusé, Aiden. J'ai paniqué. Tu es la seule personne en qui j'ai confiance.

Pour me montrer que je suis pardonnée, Aiden m'entoure de ses bras solides, je me love contre sa poitrine musclée. Il appuie son menton sur ma tête, notre posture préférée. L'effet est instantané, je me sens mieux, protégée dans son cocon d'odeur familière et de muscles.

— Ta sécurité passe avant tout, Thea. Tu devrais appeler Dylan.

Serait-ce égoïste de ne rien lui dire parce que j'ai envie de passer plus de temps avec mes amis ?

Le visage de maman surgit dans mon esprit. Peu importe notre différend, je ne veux pas qu'elle soit blessée à cause de moi.

Je sais ce qu'elle attend de moi.

Je sais ce que je dois faire.

— Oui, je vais l'appeler.

— Parfait. Comme ça on saura combien de temps il nous reste. Je déteste me réveiller le matin sans savoir si c'est mon dernier jour avec toi ou non.

Sa remarque fait remonter mes larmes. Je me serre encore un peu plus contre lui.

— Tu as quitté l'interview pour me rejoindre ?

— Oui, tu m'as fait peur…

Je ne veux pas partir. Aiden a raison, quelle est la probabilité que Tony tombe sur cette vidéo et découvre où elle a été tournée ?

— On va s'occuper de tes cheveux, baby ! reprend-il en tournicotant une mèche entre ses doigts.

Blond platine, me voici !

CHAPITRE 14

J'appelle Dylan dès le lendemain, au saut du lit. Je suis sur les nerfs. Ce que je m'apprête à lui raconter le mettra-t-il en colère ? Dylan est très soucieux de ma sécurité, il ne ménage jamais ses efforts. Je lui ai caché tellement de choses depuis mon arrivée ici… Il décroche à la quatrième sonnerie.

— Amelia ? Tout va bien ?

— Pas trop, non. Il y a une vidéo en ligne, je suis parfaitement visible et je ne sais pas depuis combien de temps. Elle a été prise juste après mon arrivée à King City. Le logo du lycée est visible.

Son silence me perturbe un peu plus.

— Dylan ?

— Ta relocalisation est enclenchée. Il faut tenir jusque-là.

Même si je m'y attendais, ses mots me cisaillent les jambes, je m'assois sur mon lit.

— Je pars quand ?

J'entends un froissement de papier.

— La date n'est pas encore fixée, il reste des détails à régler. Tu peux m'envoyer la vidéo que je me fasse une idée ?

— Bien sûr, mais… ce sera dans deux semaines ? Trois ?

— Dans ces eaux-là, oui… on fait tout notre possible pour coffrer Tony. Concentre-toi sur ton travail scolaire et promets-moi de faire plus attention aux caméras. J'appellerai ta mère.

Sa placidité me surprend. Tout va bien, c'est moi qui ai noirci le tableau finalement.

— Rien d'autre, Amelia ?

J'hésite un bref instant à lui parler du dossier retrouvé chez Luke, puis me ravise : lui et moi ne sommes pas en phase aujourd'hui.

— Non. Merci, Dylan.

— N'hésite pas à me rappeler si tu as besoin de quoi que ce soit. Au revoir, Amelia.

Notre conversation me laisse une drôle d'impression. Je pars au lycée, préoccupée. Quand Aiden me rejoint aux casiers, je sursaute.

— Désolé. Je ne voulais pas te faire peur. Tu as eu Dylan ? Ça s'est passé comment ?

Zarbi. C'est ce que j'ai envie de répondre, mais je m'abstiens.

— Bien. Il n'a pas encore la date de départ. Ce sera dans deux ou trois semaines.

— OK, ça me va.

Moi pas. J'ai besoin de plus de temps. Je n'en aurai jamais assez.

— Tu es toujours d'accord pour aller voir Luke demain ? reprend Aiden en m'accompagnant à ma salle de cours.

D'un côté, j'ai envie de savoir pourquoi Luke était en possession de ce dossier, de l'autre, je redoute sa réponse. J'ai peur d'avoir raison. Ou que ce soit pire encore.

— Oui. Mais on ne dit rien aux autres.

La sonnerie retentit. Il est l'heure de se séparer.

— Arrête de stresser, me dit-il avant un dernier baiser.

Je suis une boule de nerfs, c'est plus fort que moi.

J'entre en cours et m'installe à ma place habituelle. Quelques secondes après, Mason vient s'asseoir près de moi.

— Salut, Amelia.

— Salut.

— Ça fait un bail qu'on ne s'est pas vus, toi et moi, reprend-il.

Il n'a pas tort. Depuis l'anniversaire d'Aiden, je n'ai pas été disponible, entre l'aller-retour à la prison, l'interview, et mes devoirs en retard.

— Désolée, dis-je en évitant de croiser son regard de Calimero.

Nos parents sortent ensemble, ai-je envie de hurler.

— Un mini-golf, ça te dirait ? insiste Mason. Je demanderai aussi aux autres.

— Je ne peux pas demain, j'ai un truc prévu avec Aiden. Après-demain ?

— Ah… OK. On en reparle, dit-il en cédant sa place à Charlotte, qui arrive en retard.

— Il te disait quoi ? chuchote-t-elle en sortant ses affaires.

— Chut ! Plus tard.

Mason est persuadé que je l'évite, c'est vrai et je déteste lui cacher la vérité.

CHAPITRE 15

Après les cours, je moisis des heures au salon de coiffure avant d'obtenir la bonne couleur pour mes cheveux. Pas si facile de passer de roux à blond platine sans virer à l'orange ou brûler les pointes. Le résultat est satisfaisant, je ressors en blonde, cheveux ondulés, coupés juste au-dessus des épaules. Dommage, j'aimais bien les longs cheveux roux depuis que j'étais Amelia.

Le lendemain, Aiden m'observe sous toutes les coutures quand il vient me chercher. Ça lui plaît, mais je crois qu'il me préférait avant. Tant pis. Ce ne sont que des cheveux. Et aucune des deux couleurs n'est la vraie.

Aiden roule vite, le parking est désert quand nous arrivons à la prison. J'ai hâte de pouvoir poser mes questions à Luke. Cette histoire de dossier me mine.

Ma mère, qui ignore tout de la situation de Luke, ne se doute même pas que je vais dans un pénitencier. Nos amis pensent que j'ai juste organisé une sortie à deux avec Aiden. Ce qui n'est pas faux, mais j'aimerais que ce ne soit pas pour résoudre des problèmes… ou courir au-devant.

Une fois à l'intérieur de l'enceinte, on nous fait signer le registre et passer les contrôles de sécurité comme la dernière fois. N'ayant pas le droit de garder mon sac, je prends juste le dossier, qu'on m'autorise à emporter, à la condition d'enlever toutes les agrafes et les trombones.

Nous sommes ensuite escortés jusqu'au parloir. Je m'efforce de ne pas regarder les autres détenus qui parlent à voix basse avec leurs proches. Comme la dernière fois, une femme sanglote.

Je déteste cet endroit.

J'aperçois Luke de l'autre côté de la porte. Le gardien lui retire ses menottes, puis le conduit à notre table. Je le trouve en meilleure forme, malgré sa barbe rugueuse et ses cernes.

— Où est Anna ?

— Elle n'a pas pu venir, répond Aiden.

— Pourquoi ? Il y a du nouveau ?

— Anna a mis la main sur un enregistrement de toi chez Howard. On te voit en train de vomir tes tripes dans le caniveau à 17 h 25… ce qui te laisse encore plein de temps pour tuer Greg, je lance.

— Et vous n'avez pas trouvé où je suis allé après, c'est ça ? soupire Luke.

— Tu t'en souviens ? demande Aiden.

— Toujours pas.

— On a fouillé ton appart… et trouvé ça, reprend Aiden en lui tendant le dossier.

— J'aimerais que tu m'expliques comment tu l'as eu, j'ajoute.

— Vous en avez parlé à quelqu'un ? demande Luke.

— Non. C'est pour ça qu'il n'y a que nous deux, dit Aiden.

Luke se recroqueville sur sa chaise, feuillette rapidement le dossier, puis repousse la pochette vers nous.

— J'ai commencé ça après votre course automobile, quand Anna a dit qu'elle ne voulait plus jamais me revoir. Pour essayer de remonter dans son estime… Mon père ne s'est jamais occupé de moi, encore moins d'Anna qui n'est pas sa fille. J'ai pensé qu'elle aimerait savoir qui était son père.

C'est quoi ce bordel ?

— Son père biologique a violé ma mère, qui s'est retrouvée enceinte. Anna a le droit de savoir.

Oh non. Non, non, non.

— J'ai identifié trois hommes, mais vous l'avez vu, il y en a surtout un, Anthony Derosso. Je suis sûr à 99 % que c'est lui l'enflure. Je n'ai pas eu le temps de terminer mes recherches.

La pièce danse autour de moi. Ma vie est un roman-feuilleton. Anna, ma meilleure amie, est la fille biologique d'Anthony Derosso, alias Tony Derando. L'homme qui ruine ma vie. Aiden ne lâche pas Luke des yeux, mais sent combien je suis choquée. Sous la table, sa main vient chercher la mienne.

— Tu as pris contact avec Anthony Derosso ? lui demande-t-il.

— Moi ? Euh… non.

— Tu es sûr ?

— Oui… Je ne sais pas comment le trouver. Ce serait si grave de le contacter ?

Ce serait une terrible, une énorme erreur.

— Je vais te dire un truc, Luke : Anna n'en a rien à foutre de son père biologique. Surtout si c'est ce mec, gronde Aiden à voix basse.

— C'est lui, oui. J'ai trouvé la photo de groupe dans les affaires de ma mère. Ils étaient tous les deux à la même soirée.

— Alors le contacter serait de la folie, ça ne ferait qu'empirer les choses… pour tout le monde.

Surtout pour moi. Et mes amis qui n'ont aucune idée du danger que représente Tony. D'ailleurs, comment réagira-t-il quand il apprendra l'existence de son autre fille ? C'est à la suite de la mort de Sabrina, tuée dans un accident provoqué par mon père, qu'il a perdu la raison.

— Je veux ce qu'il y a de mieux pour Anna, insiste Luke.

— C'est ce qu'il y aurait de pire pour elle, Tony est un psychopathe ! j'explose littéralement.

Luke écarquille les yeux. Aiden presse ma main.

Du calme, Thea, tu te donnes en spectacle.

— Tu le connais ? réagit aussitôt Luke.

Je cherche une réponse acceptable.

— Avec ce qu'Anna m'a raconté de lui, ça m'étonnerait qu'il n'ait rien commis d'autre. Je ne vois pas ce que ta sœur pourrait gagner à le rencontrer.

— Donc, tu n'es jamais entrée en contact avec lui ? reprend Aiden, qui garde la tête froide, contrairement à moi.

— Non. J'ai déjà eu beaucoup de mal à rassembler ces infos.

Soudain, je respire mieux : Luke n'a pas franchi la ligne rouge.

— Mais j'ai bien l'intention de le trouver, reprend-il.

Quoi ?

— Quoi ? s'exclame Aiden, en écho à mes pensées.

— Je vous l'ai dit, c'est à Anna de décider si, oui ou non, elle veut rencontrer son père. Elle le mérite, et il a peut-être changé en bien. Moi aussi, j'ai changé.

Tony n'a pas changé, il est même pire qu'avant.

Je suffoque à nouveau en suppliant Aiden des yeux.

— T'es bouché ou quoi, Luke ? La famille d'Anna, c'est nous. Elle n'a pas besoin de lui, tout ce qu'il mérite, c'est de moisir en taule.

— *Je* moisis en taule et Anna m'accepte. C'est à elle de décider. Elle a peut-être envie de lui donner sa chance aussi.

— Luke, c'est…

— Ça suffit, tu n'arriveras pas à me faire changer d'avis. Quand je sortirai d'ici grâce à vous, je le retrouverai. Anna a le droit de choisir.

Non, pas ça ! Est-ce que je lui dis qui est Tony et ce qu'il a fait ? Luke écouterait, n'est-ce pas ? Il comprendrait que c'est une erreur de le faire entrer dans la vie d'Anna. Un gardien annonce que notre temps est écoulé, j'ai l'impression que les murs s'effondrent sur moi.

— Retrouver cet homme serait la pire erreur de ta vie, tente Aiden dans un ultime effort.

— Vous êtes ses amis, je suis son frère. Anna n'a plus que moi, notre mère est morte. Si je sors, je consacrerai tout mon temps à le retrouver. Gardez le secret, s'il vous plaît, je veux que ce soit une surprise pour elle.

Une surprise. Je voudrais hurler.

Luke est reconduit par les gardiens. Aiden et moi sommes trop abasourdis pour réagir.

Le trajet du retour est tendu, c'est le moins qu'on puisse dire. Aider Luke à sortir de prison, c'est me livrer sur un plateau à Tony qui ne fera de moi qu'une bouchée.

Mâchoires serrées, Aiden reste focalisé sur la route. Ses jointures sont blanches à force de serrer le volant. De mon côté, ça tourne en boucle dans ma tête, je n'en reviens toujours pas. Je ne voulais pas quitter King City, mais au point où j'en suis, cela n'a plus aucune importance. Je suis coincée : si je pars, je protège mes amis de Tony, si j'aide à libérer Luke, c'est lui qui le remettra sur mes traces.

Aiden brise le silence :

— Tu ne trouves pas ça bizarre d'avoir atterri ici ? C'est quand même une sacrée coïncidence que tu aies été relocalisée dans la même ville et la même classe que sa fille aînée, quand on sait que tous tes problèmes ont commencé à cause de la mort de son autre fille…

Oh. Dylan m'aurait-il fait un sale coup ?

— Hier, j'ai trouvé que la conversation avec Dylan était bizarre. Il n'avait pas l'air concerné, rien n'était grave ni urgent. Me relocaliser, la vidéo, tout glissait sur lui. Comme si le FBI s'en fichait de moi maintenant.

— Ou comme s'ils avaient envie que Tony te retrouve. Moi aussi j'ai fait des recherches : il a tous les flics du pays aux fesses. Ce mec a buté des policiers et un gardien de nuit. La pression monte pour mettre la main sur lui. Dylan et sa bande pourraient très bien avoir décidé que tu es très utile ici, auprès d'Anna.

Mon estomac se noue, j'ai soudain envie de vomir. Les arbres au bord de la route s'estompent. Le FBI se sert-il de moi comme appât ? OK, ils ne m'ont pas pendue à un crochet avec un écriteau portant l'inscription « Hé Tony, viens voir qui est là », mais ils ont semé une traînée de miettes de pain jusqu'à moi.

— C'est machiavélique. On dirait une théorie complotiste, je murmure.

— Le gouvernement a fait pire.

Si c'est vrai, en qui puis-je avoir confiance ? Ma présence à King City met tout le monde en danger et ma bouée de sauvetage est toujours hors de portée. Comment reprendre le contrôle de cette situation ? En disant la vérité à Luke ? En partant avant que Luke n'ait l'opportunité de contacter Tony ? Au moins, si je ne suis plus ici, Tony ne saura pas que j'étais amie avec sa fille ou avec les autres, et il ne fera de mal à personne… Est-ce illusoire ? J'ai besoin d'agir.

— Je sais à quoi tu penses, et je n'aime pas ça du tout, Thea.

— Mais non, tu ne sais pas.

— Tu es persuadée de nous mettre en danger et qu'on serait mieux sans toi.

Comment parvient-il toujours à lire dans mes pensées ?

— Je te connais, Thea. Et c'est écrit au milieu de ta figure.

— Reconnais que j'ai raison, Aiden. Luke signe mon arrêt de mort en contactant Tony. Et puis je ne supporte pas que vous soyez obligés de prendre parti entre moi et…

Aiden freine brutalement avant de bifurquer sur une route secondaire où il coupe le moteur. Il se tourne alors vers moi et l'intensité de son regard me transperce le cœur.

— Tu n'iras nulle part avant d'y être obligée, Thea.

— Je vous mets tous en danger, toi le premier, tu le sais bien.

— Écoute-moi bien : tu as failli mourir à cause de moi, parce que mon connard de père voulait m'atteindre à travers toi… Te perdre est ce qui pourrait m'arriver de pire dans la vie.

Il y a tant de tendresse et de vulnérabilité dans la voix d'Aiden que ma vue se brouille de larmes. À force de toujours afficher force et confiance, il est facile d'oublier qu'Aiden peut aussi avoir ses moments de faiblesse. Je voudrais le prendre dans mes bras, l'embrasser, le rassurer, mais je dois aussi me montrer forte si je veux faire passer mon message.

— Alors tu me comprends parfaitement ! je m'exclame.

— Je préfère faire partie de ta vie en connaissant les risques plutôt que de te perdre sans savoir où tu es.

Je dois être au paradis pour avoir la chance inouïe d'être assise près d'Aiden Parker qui me regarde comme en ce moment.

— Aiden, je…

— Tu es au courant des menaces de mort que je reçois chaque jour. Tu sais que mon père est là, toujours souriant devant les caméras. Tu sais combien il me déteste et il pourrait encore te blesser pour être restée près de moi, alors que tu serais en droit de m'avoir quitté depuis longtemps. Putain, il m'a même envoyé des menaces le jour de mon anniversaire. Mais tu es là, Thea, malgré les menaces que sont pour toi Tony et Andrew. Et tu n'as jamais envisagé de partir à cause de moi.

— Ça ne m'a même jamais traversé l'esprit, je murmure.

— Si je te demandais de partir pour t'éloigner d'Andrew, tu ne m'écouterais pas ! dit-il en caressant ma joue. Thea, tu prends des risques en restant près de moi, laisse-moi en faire autant. Je ne peux pas te perdre.

Sa voix se brise et me déchire littéralement. Je l'embrasse, je me contorsionne par-dessus l'accoudoir central pour être encore plus proche de lui.

— Tu n'iras nulle part, dit-il contre mes lèvres. Si tu es en danger, je serai le premier à faire tes valises. Pour l'instant, Luke ne peut rien contre toi, et Dylan est au courant pour la vidéo. On va s'en sortir ensemble, Thea.

Une fois de plus, c'est la force et les certitudes d'Aiden qui achèvent de me convaincre. Avec lui, je peux me battre contre la terre entière.

— Je t'aime, Aiden, dis-je de toute mon âme, entre deux baisers.

— Je t'aime, Thea.

Mon univers entier tient dans ces derniers mots.

CHAPITRE 16

Le soleil se couche déjà quand nous arrivons à King City. Mon portable sonne, c'est Charlotte. Je coupe la musique et la mets sur haut-parleur pour qu'Aiden puisse l'entendre.

— Enfin tu décroches ! s'exclame-t-elle. Tu n'as pas lu mes messages ? Vous êtes où ?

— Sur la route. On sera à la maison d'ici quinze minutes.

— Cool. Dépêchez-vous de venir chez moi, Jake a organisé une fête, mes parents sont sortis.

— Ah…

Aiden et moi échangeons un regard, nous avions prévu une soirée tranquille pour discuter. Est-ce que je peux vraiment m'amuser et prétendre qu'Anna n'est pas la fille de mon pire ennemi ?

— Allez ! Ne me laissez pas tomber. Même si Mason, Chase et Noah seront là, j'ai besoin de toi, Amelia. Et si ça peut rassurer Aiden, Ryan ne risque pas de débarquer dans une fête d'étudiants supérieurement intelligents !

C'est vrai que les fêtes entre amis me raccrochent à la vie normale, je suis la première à le penser.

— OK, tu peux compter sur nous.

— Génial ! Merci ! Tu es toujours la plus belle, mais fais-toi belle quand même, Amelia !

Et elle raccroche.

— Donc, on sort ce soir, résume Aiden, en se garant devant chez Mason.

Les jumeaux sont avec Natalia, qui avait proposé de s'en occuper pour la journée. Eux sont invités à une soirée pyjama. Je serais bien restée dans la voiture pour ne pas être obligée de croiser Mason, sa mère ou son père, mais ce n'est pas très sympa. J'accompagne Aiden. Natalia nous ouvre.

— Entrez ! Entrez ! Je suis ravie de vous voir tous les deux !

Je lance de brefs coups d'œil à droite et à gauche pour vérifier que Brian n'est pas dans les parages. J'espère que mon sourire ne ressemble pas à une grimace.

— J'ai cuisiné mexicain ! Les jumeaux se régalent. Il y en a assez pour tout le monde.

Natalia est tellement accueillante et il flotte une délicieuse odeur d'enchiladas, mais j'ai l'estomac noué par le stress. Où est Brian ?

— On a déjà dîné, merci, Natalia, répond Aiden.

— D'accord. N'hésite pas à me confier tes frères quand tu ne peux pas t'en occuper, Aiden. Je les adore, ils me font mourir de rire ! Mais je me demande s'ils ne font pas un peu trop de jeux vidéo en ce moment, ajoute-t-elle, inquiète.

Aiden ne relève pas. Natalia s'éloigne vers la cuisine en appelant Jackson et Jason. Mason apparaît alors.

— Où est ton père ?

Je me maudis intérieurement de ne pas être capable de tenir ma langue.

— Au boulot. Vous allez chez Charlotte ce soir ? Je n'ai pas vu vos messages dans le groupe.

Est-ce que « au boulot » signifie « avec ma mère » ?

— Oui. Désolée, je n'ai pas regardé mon téléphone aujourd'hui.

— C'était cool votre journée en amoureux ?

Pire que tout.

— Super.

— Tant mieux… Ah oui, ajoute-t-il, en baissant la voix, y a un truc qui cloche chez les jumeaux, mais je ne sais pas ce que c'est. Ils se sont battus et traités de tous les noms en jouant à *Retour des zombies*. Je ne les ai jamais vus dans cet état.

Jason et Jackson courent vers nous, Aiden n'a pas le temps d'interroger Mason.

— Salut, les affreux, leur dit-il.

— Salut, Aiden ! lancent-ils en chœur.

Natalia nous tend une boîte d'enchiladas pour le « déjeuner de demain ».

— Les garçons, vous dites merci, leur demande Aiden.

— Merciii, Natalia !

— Tu reviens quand tu veux, Aiden ! lui dit-elle.

Tant de gentillesse me fait mal au cœur. On repart tous les quatre. Les jumeaux bouclent leurs ceintures en silence. Étrange.

— Alors, les affreux, c'était comment chez Mason ?

— Bien, répondent-ils en chœur.

— C'est tout ? Vous n'avez rien à me raconter ?

— Peut-être qu'ils préfèrent ne parler qu'à toi ? je chuchote.

— Moi, j'ai envie de le dire, mais Jason veut pas, dit alors Jackson.

Les chamailleries entre les deux garçons commencent, l'un accusant l'autre d'être un menteur et vice versa. Aiden arrête la voiture sur le bas-côté.

— Hé ! Je peux savoir ce qui se passe ? s'écrie-t-il avec autorité.

Grand silence.

— C'est pour aujourd'hui ou pour demain ? s'énerve Aiden.

— Je suis harcelé à l'école, répond Jason.

— Quoi ? Qui ? Ils sont combien ? explose Aiden. Ça dure depuis quand ? Pourquoi tu n'osais pas m'en parler ?

Les enfants de l'école auraient-ils entendu parler de Greg ? Ou d'Andrew, le père biologique des jumeaux ? Ou encore de ce qui se dit en ligne sur Aiden ? Les enfants sont parfois impitoyables entre eux, cela me brise le cœur de passer en revue ces scénarios d'intimidation auxquels les jumeaux sont confrontés.

— Ça ne fait pas longtemps. Personne m'a tapé, répond Jason, tout pâle.

— Si quelqu'un te frappe, tu frappes encore plus fort, OK ?

Jason et Jackson opinent du chef.

Je ne pense pas qu'un adulte aurait osé donner ce conseil, mais je suis d'accord avec Aiden, nous serions hypocrites de les dissuader de riposter.

— Ils te disent quoi ? C'est quoi leurs noms ? Et toi, Jackson, pourquoi tu n'aides pas ton frère ? J'irai à l'école lundi pour dire deux mots à tous ces petits merdeux. Ils auront encore plus peur de moi qu'avant.

Les jumeaux ont l'air frappés par la foudre.

— Aiden, tu terrorises tes frères, là.

— Pardon… Pourquoi tu ne voulais pas m'en parler, Jason ?

— Parce que je ne voulais pas que tu t'en mêles.

— Tu te fais harceler et je ne dois pas me sentir concerné ?

— Non, répond-il en m'implorant des yeux pour que je le soutienne.

— Euh… je sais que ce ne sont pas mes affaires, mais je crois que Jason a envie de s'en sortir tout seul, dis-je. Ça ne fera peut-être qu'empirer les choses si tu interviens, Aiden. Et tu risques des ennuis, en plus.

— Oui, laisse-moi faire, acquiesce Jason, avec vigueur.

Aiden grogne dans son coin, puis finit par soupirer.

— OK, mais si ça continue, tu m'en parles, pigé ?

— D'accord. On peut aller chez Franco maintenant ? On va arriver les derniers.

— Tes harceleurs sont invités aussi ? bondit Aiden.

— Non.

Aiden lance un dernier regard sérieux à ses frères, puis remet le moteur en marche. Il ne fait plus aucune remarque, pas même lorsque Jason bouscule discrètement Jackson, en représailles de l'avoir forcé à avouer, je suppose. Je le comprends, Aiden peut se montrer effrayant.

Durant le trajet, Aiden ne dit plus rien aux jumeaux, même si je sens que ce qui arrive à son petit frère l'inquiète et le dérange. Il les dépose à leur fête, puis nous arrivons enfin chez moi.

Maman n'est pas à la maison, je me demande si elle est avec Brian. Je lui envoie un texto pour la prévenir que je ressors. En rangeant le Tupperware de Natalia au réfrigérateur, je ne peux pas m'empêcher de penser que Brian le reconnaîtra en le voyant.

Aiden monte dans ma chambre. Vu que ma mère n'est pas là autant en profiter. Il fait semblant de s'intéresser à mes différents essayages de robes. Le dossier de Luke, posé près de lui, me nargue. De temps en temps, Aiden le rouvre comme s'il vérifiait des informations. Je suppose qu'il essaye de se distraire l'esprit des problèmes avec ses frères. Il ne veut plus en parler, alors je le laisse tranquille avec ça. Pour l'instant.

— Laquelle tu préfères ?

— La première.

Je croise son regard, puis dévie à nouveau vers le dossier.

— Arrête, Thea. Luke ne peut rien pour l'instant.

— Mais s'il trouve quand même le moyen de contacter Tony ?

Aiden m'attrape les hanches et me tire à lui.

— Il n'a pas Internet en prison. Et même s'il arrive à le contacter, il faut aussi que Tony accepte l'idée qu'il a une autre fille. Ça fait beaucoup de conditions.

— Il pourrait considérer qu'Anna est sa fille de remplacement ?

— OK, mais tu as pensé à Anna ? Je suis sûr qu'elle refusera d'entendre parler de son père biologique... Essaye d'en discuter avec elle, si tu y tiens.

— Tu es sérieux ?

— Toujours. Si tu lui expliques qui est Tony, elle demandera peut-être à Luke d'arrêter son cirque.

— Mon identité est un secret, tu te souviens ! je m'exclame en lui balançant un oreiller à la figure.

Même si tout le monde s'en fout, à commencer par Dylan.

— C'était juste une idée, dit Aiden en rattrapant l'oreiller au vol.

— Je suis incapable de lui annoncer que son père est un dangereux psychopathe.

— Pourquoi ? Le mien est un taré, mais je ne suis pas comme lui.

— Je sais, mais avec son frère en taule et les ragots qui courent sur sa famille, elle va devenir folle... donc, non. Ce qui nous ramène au point de départ : qu'est-ce qu'on fait avec Luke ? Si on prouve son innocence, il sortira bientôt. Ou alors on arrête de chercher... Mais Anna sera anéantie, elle compte tellement sur nous.

— Toutes les apparences sont contre lui.

— J'ai quand même promis d'aider Anna.

— S'ils n'ont pas l'intention de te relocaliser pour te garder près d'Anna, la réponse est claire : Luke reste en taule le plus longtemps possible, ce qui élimine le problème Tony à King City, et toi, tu ne me quittes pas. Je me fiche des promesses, du moment que tu restes avec moi.

Son ton décidé me donne des frissons. A-t-il raison de penser que Dylan se sert de moi à cause d'Anna ? Ai-je le droit d'être aussi égoïste et de vivre ici avec Aiden alors que le danger est partout ? Le visage brisé d'Anna me revient à l'esprit. Mon amie, si forte et si combative, qui m'a toujours soutenue, puis-je vraiment saboter sa seule chance de retrouver son frère ?

— Mais s'il est vraiment innocent ?

Aiden réfléchit quelques secondes avant de me répondre :

— Toutes les preuves désignent Luke, mais on va continuer de chercher pour Anna. Si on trouve, on avisera. N'oublie pas le truc le plus important : je refuse de te perdre. J'ai déjà vu un pistolet braqué sur toi, je ne laisserai pas Luke inviter ici un assassin pour qu'il te descende sous mes yeux. Pigé ? conclut-il en me serrant contre lui.

Les mots me manquent. Je me laisse aller contre lui et songe à tout ce que je dois faire avant de vivre une vie normale et ennuyeuse : rassembler les preuves de l'innocence de Luke, l'empêcher de contacter Tony, parler à Mason de la liaison entre son père et ma mère, virer le père d'Aiden du paysage, me débarrasser de Kaitlyn et Ryan, réussir l'épreuve de maths.

Fastoche.

CHAPITRE 17

La fête bat son plein, la musique hurle à fond quand nous arrivons chez Charlotte. Il y a des cadavres de canettes et de bouteilles sur les tables. Des garçons jouent à bière-pong sous les acclamations d'un groupe de filles. Je ne connais presque personne, mais je m'en fiche, j'ai décidé de passer une bonne soirée.

— Vous voilà enfin ! s'exclame Charlotte. Quelle coiffure, Amelia ! J'adore !

— Tu as bu ?

— Non ! Enfin, un peu pour m'occuper.

— Où sont les autres ? demande Aiden.

— Par là-bas. Ils ont dit que les étudiantes étaient carrément mignonnes.

— Je vais voir ! Soyez sages, me lance Aiden avec un clin d'œil.

Charlotte me montre des amis de son frère Jake, dont un certain Marcus, qui la fait craquer. J'avoue qu'il est beau mec, il a le sourire facile et les épaules larges. Sa barbe le vieillit un peu.

— Va lui parler, idiote ! dis-je en la poussant.

Aiden revient justement vers nous. La musique change pour un air que j'aime bien.

— On danse ? me propose Aiden, tout sourire.

Oh ! Je crois bien que c'est la première fois. Il m'enlace, puis nous swinguons en rythme, en riant, chantant les paroles qui s'enchaînent. J'ai l'impression d'avoir des ailes. Je m'amuse tellement que j'oublie que je ne suis pas Amelia. Il n'y a plus que nous deux, de simples ados amoureux.

Aiden penche la tête vers moi pour m'embrasser, quand soudain un bras le tire violemment en arrière.

— Comment tu oses tromper Amelia ? hurle Noah pour couvrir la musique.

Pardon ?

Je n'entends pas la réponse d'Aiden, mais je vois les yeux de Noah s'ouvrir comme des soucoupes.

— Amelia ? bafouille-t-il.

— Oui.

— Bordel, Aiden, désolé… Sans lumière et de dos, je t'ai prise pour Kaitlyn, Amelia.

Je blêmis. Mon Dieu, tout le monde va penser que j'ai changé de couleur pour ressembler à Kaitlyn. J'aurais dû foncer mes cheveux au lieu de les éclaircir.

— Ça te va très bien, Amelia ! s'exclame Noah.

Aiden fronce les sourcils et me serre contre lui. Noah éclate de rire.

— Venez, y a un problème, crie Mason en faisant de grands gestes. C'est Chase.

— Quoi comme problème ? je demande.

— On buvait tranquillement quand Chase a sorti son téléphone et pété un câble en voyant la vidéo que Charlotte a postée.

Nous nous pressons autour de Mason pour regarder. Charlotte est assise sur les genoux de Marcus, ils chantent face à la caméra. Mon amie a l'air de bien s'amuser.

Puis Marcus attrape son visage et l'embrasse. La vidéo s'arrête. Tant mieux pour Charlotte, mais cela explique pourquoi Chase digère mal ces images. La vidéo reprend, on voit maintenant Marcus monter l'escalier derrière Charlotte.

Aïe. On se souvient tous de la réaction de Chase à la maison de la plage. Noah, Aiden, Mason détalent comme des lapins, je cours derrière eux.

Chase n'oserait pas faire ça une deuxième fois à Charlotte…

Des chaises ont été empilées au bas de l'escalier. Aiden les repousse. Quand on arrive devant la chambre de Charlotte, la porte est grande ouverte. Marcus se tient à l'écart, Charlotte et Chase sont en pleine dispute.

— J'en ai marre de toi ! Arrête de te mêler de ma vie privée ! hurle-t-elle.

— La première fois, c'était un accident, se défend Chase.

— Je t'emmerde ! Faut que tu comprennes une bonne fois pour toutes que je fais monter qui je veux dans ma chambre.

Je ne sais pas si c'est parce que Charlotte a bu, mais je ne l'ai jamais vue aussi en colère. La dernière fois quand il y avait eu le même problème, elle s'était montrée timide, et avait laissé Noah s'en occuper. Ce n'est pas le cas aujourd'hui.

— Je ne supporte pas que tu te donnes en spectacle avec un inconnu, grommelle Chase.

— Marcus, un inconnu ? C'est le meilleur ami de mon frère ! Je poste ce que je veux sur mon profil et c'était juste un petit baiser.

— N'empêche que tu ne devrais pas. Ça fait…

— Ça fait quoi ? Dis-le !

— Ça fait salope. Voilà.

Il a osé.

— Et toi, Chase, tu faisais quoi avec Olivia dans la salle de bains ? On dit comment pour un mec ?

— C'est pas pareil.

— Tu as raison, c'est pire. Tu n'es qu'un sale hypocrite qui trouve normal de baiser à droite et à gauche, mais si une fille embrasse un mec qui n'est pas son copain, c'est une salope.

— Oui… enfin, non, mais je…

— Dégage, Chase. Je n'ai pas à me faire insulter chez moi.

Où est passée la timide Charlotte ?! Chase a l'air aussi choqué que nous. Je n'avais jamais entendu mon amie parler aussi grossièrement. Chase revient tout de même à la charge :

— Tu es bourrée, je veille sur toi.

— N'importe quoi. Sors d'ici, je ne le répéterai pas.

— Détruis la vidéo et je m'en vais.

— Jamais !

— C'est quoi ce raffut ? demande Jake, en entrant dans la chambre de sa sœur.

Chase et Charlotte n'ont pas même un regard pour lui. Au contraire, Chase poursuit les hostilités, raflant le portable de Charlotte, posé sur sa table de nuit.

— Je t'interdis ! hurle-t-elle en sautillant pour essayer de récupérer son téléphone.

Aiden m'écarte prudemment de la scène qui se déroule sous nos yeux : chaque fois que Charlotte approche de Chase, celui-ci se détourne, elle saute alors à califourchon sur son dos pour tenter de lui prendre le téléphone des mains. Mais Chase se renverse sur le lit pour que le crampon-Charlotte se détache ! Gagné, sauf que mon amie est rapide et fluette, elle parvient à rouler juste à temps. Charlotte lui arrache le portable des mains, mais Chase se redresse, menaçant. À la surprise générale, Charlotte jette de toutes ses forces le téléphone sur le sol où il se disloque en morceaux.

— Voilà, maintenant tu dégages ! hurle-t-elle.

— Va-t'en, s'il te plaît, intervient Jake.

Les yeux incrédules de Chase vont de Charlotte à Jake, puis à Marcus.

— OK.

Chase sort de la pièce sans un regard pour nous. On est trop choqués pour lui parler de toute façon. Marcus marmonne des excuses à Jake, mais ce dernier lui fait signe de se taire.

— Ça va ? demande-t-il à sa sœur.

— Génial, grogne-t-elle en se rhabillant.

Jake ramasse les morceaux du téléphone qui se sont éparpillés dans tous les sens.

— Zut, t'as rayé le parquet, papa va nous faire son sketch.

— Je m'en fous… je mettrai un tapis.

Jake hausse les épaules, puis quitte la chambre pour retourner à sa fête. Nous restons plantés là tous les cinq dans un silence gênant.

— Ce n'est pas juste, dit alors Noah. Chase m'a donné un coup de poing la dernière fois, et Marcus sort d'ici même pas décoiffé.

Soupir général.

— Quoi ? Fallait bien que quelqu'un le dise !

CHAPITRE 18

Quand j'arrive chez Charlotte le dimanche matin, je ne peux que constater l'état catastrophique de la maison. Jake s'est endormi sans nettoyer le désordre de la nuit précédente. Nous nous étions portés volontaires (même Julian nous avait rejoints plus tard), mais Charlotte a refusé.

— Laisse tomber le ménage, me dit-elle en m'accueillant. Jake est un paresseux, il préfère payer une société de nettoyage.

Je la suis à l'étage, non sans enjamber des tas de détritus, gobelets et bouteilles vides.

— Alors ? Tu te souviens au moins de ce qui s'est passé ? je lui demande, une fois que nous sommes installées dans sa chambre.

— Ah, tu veux parler de mon meilleur ami depuis l'école primaire qui me traite de salope, vole mon portable et cherche à contrôler ma vie ? Ouais, je me souviens très bien.

— Je suis désolée de ce qui est arrivé. Il était trop nul, mais je suis contente que tu aies tenu bon. On aurait dû intervenir.

— Non, c'est mieux que personne ne s'en soit mêlé. C'était à moi de réagir. Chase doit cesser de devenir violent chaque fois que je suis avec un mec. On n'a pas les mêmes sentiments l'un pour l'autre, il n'a aucun droit sur moi.

C'est la première fois que Charlotte déclare ouvertement ne pas aimer Chase. En général, elle affirme qu'elle « pense ne pas l'aimer », ou qu'elle « ne sait pas » ce qu'elle ressent pour lui. Maintenant c'est clair, Chase n'est rien de plus qu'un ami, il ne la fera pas changer d'avis.

— Et Chase-juste-ami, tu en penses quoi ?

Cela fait dix ans qu'ils sont inséparables, ce serait dommage que leur amitié s'arrête là.

— Tant qu'il ne m'aura pas présenté d'excuses, je ne lui adresserai pas la parole. Personne n'a le droit d'usurper mon identité sur les réseaux sociaux pour contrôler ce que je publie. C'est mon libre arbitre, même pour un post stupide. Mon compte est perso.

Je comprends, surtout moi qui ne peux pas en avoir. Charlotte est libre de faire ce qu'elle veut, personne n'a le droit de lui dicter sa propre vie, encore moins un garçon motivé par la colère et la jalousie.

— Mais tu étais vraiment obligée de casser ton téléphone ? je demande, avec un sourire.

— C'était convaincant, n'est-ce pas !

On éclate de rire.

— J'avoue qu'il me manque déjà, reconnaît Charlotte. Tu me prêtes le tien pour que je regarde les vidéos d'hier soir ?

En un clin d'œil, elle télécharge l'application, puis se connecte à son compte.

— Marcus est tellement mignon ! s'exclame-t-elle. Je n'en reviens pas que Chase ait tout fait foirer. Moi, je le laisse bien baiser H24 avec ses nanas.

C'est tout de même triste que Chase n'ait jamais avoué ses sentiments à Charlotte par peur de ruiner leur amitié… Son attitude a fini par la gâcher de toute façon.

Les vidéos me semblent assez inoffensives, Charlotte chante et rit avec Marcus, le baiser dure à peine une seconde. La réaction de Chase était vraiment disproportionnée.

Mon téléphone sonne, « Chase » s'affiche à l'écran.

— Euh… Je décroche ?

Charlotte décide pour moi et branche immédiatement le haut-parleur.

— Allô ?

— Salut, Amelia, tu as eu Charlie depuis hier soir ?

Charlotte fait semblant de vomir en l'entendant l'appeler par son petit nom. Elle me signifie un vigoureux « non » de la tête.

— Non, pas encore.

— Zut… tu crois qu'elle est très fâchée contre moi ?

— Ah ça, c'est sûr et certain, Chase !

Charlotte lève les yeux au ciel.

— Je sais… enfin, je me doute. J'avais trop bu, alors quand j'ai vu ce mec à ma place, ça m'a rendu fou. C'est moi qui devrais être avec Charlie, pas Marcus ou Noah.

La moutarde monte au nez de Charlotte.

— Ce n'est pas à toi de décider, Chase.

Charlotte attrape un Post-it et un crayon.

— Je l'aime, reprend Chase, je voulais juste la protéger.

Il m'a traitée de salope !!! je lis alors.

— Tu as dépassé les bornes surtout, et tu l'as traitée de salope, Chase.

Charlotte acquiesce à grand renfort de hochements de tête.

— Elle était montée avec ce mec sorti de nulle part, ça m'a rendu fou, je te dis… mais c'est vrai que je n'ai aucun droit sur Charlie, surtout avec mon comportement hypocrite. Elle a entièrement raison.

Charlotte attrape un deuxième Post-it et écrit à la vitesse de la lumière. Je rapporte ses mots au fur et à mesure.

— Marcus n'est pas un mec sorti de nulle part, elle le connaît depuis des années, c'est un ami de Jake. Et même si ce n'était pas le cas, ce ne sont pas tes affaires… Personne ne t'a traité de salaud parce que tu sautais Olivia cinq minutes avant.

Excédée, Charlotte jette son stylo. Franchement, ce serait plus simple si elle lui parlait directement.

— Je sais, répond piteusement Chase. Je voudrais juste parl…

— Salut, Charlotte ! s'exclame alors Anna, qui vient d'apparaître dans l'encadrement de la porte. Ton frère m'a ouvert. C'est quoi ce foutoir avec Chase ? Raconte !

Je m'empresse de raccrocher en lançant : « Je dois te laisser, salut ! »

Charlotte se raidit comme un piquet, et je me retiens d'éclater de rire ! C'est normal entre amies de s'intéresser aux histoires de mecs ! De tous mes problèmes – Luke, Andrew Kessler, ma mère, Tony –, celui-ci ne me concerne pas, mais au moins, il m'amuse et j'ai envie d'aider. Si seulement la médiation entre amis qui se bagarrent était mon plus gros souci…

Mais à peine ai-je posé les yeux sur Anna que la réalité me rattrape. Anna, la fille de Tony. Lui ressemble-t-elle ? Non, surtout pas. Je réalise aussi que c'est la première fois que je revois Anna depuis la révélation de Luke. Je n'ai pas encore eu le temps de digérer.

Je dois m'accrocher à l'idée qu'Anna est mon amie, qu'elle ne ressemble en rien à l'homme qui m'a kidnappée, poignardée, jetée dans l'escalier et qui a tué des innocents.

Mais c'est *sa* fille.

Je la regarde comme si j'avais de nouvelles lunettes qui me feraient voir le monde autrement. Anna est plus agressive que Charlotte ou moi, mais elle n'est pas violente, ni psychopathe.

— Allô, Amelia, ici la Terre ! plaisante Anna.

Anna.

Mon amie depuis le premier jour.

Aiden a raison, il ne ressemble pas à son père, pourtant il a grandi avec lui quelque temps. Ensuite, il a enduré Greg et il ne lui ressemble pas davantage. Anna n'a jamais rencontré son psychopathe de père, il n'a été qu'un « donneur de sperme ». Elle n'a subi aucune influence, a développé sa propre personnalité. Être biologiquement liée à l'homme qui a ruiné ma vie ne veut pas dire qu'elle lui ressemble. Anna a le cœur sur la main, je sais qu'elle me soutiendra, quoi qu'il arrive.

— Pardon, tu disais quoi ?

— J'ai parlé à Luke hier.

— Oh… tu es allée le voir ?

— Non, il m'a appelée. Il a dit que je devrais aller poser des questions dans les bars qu'il fréquentait avant.

Anna n'a pas l'air suspicieuse et ce n'est pas son genre de mentir, j'en déduis qu'elle n'est pas au courant de notre visite à son frère.

— Tu veux que je t'accompagne ?

— Pas la peine, j'y suis déjà allée hier soir. Je n'ai rien trouvé, soupire-t-elle.

— On va finir par y arriver, tente aussitôt de la rassurer. Luke reviendra bientôt vivre avec toi.

Luke et un autre homme reviendront, oui.

CHAPITRE 19

La journée du lendemain débute comme d'habitude au lycée. Anna est près de moi, nous sortons nos affaires des casiers. Kaitlyn approche. J'ai un choc.

— Mon Dieu, Kaitlyn, qu'est-ce qui s'est passé ?

Je suis sincèrement inquiète, son œil est gonflé et violacé, elle a une coupure à l'arcade sourcilière et à la lèvre, et le bras en écharpe. Même si je n'apprécie pas cette fille, ce n'est pas une raison pour faire semblant de ne pas voir ses problèmes.

— Comme si tu ne le savais pas, répond Kaitlyn, avant de s'éloigner.

Anna et moi échangeons un regard surpris. Bizarre. Deux minutes plus tard, Mme Anderson, la proviseure et mère de Kaitlyn, débarque dans le hall accompagnée de deux surveillants. Mère et fille ont les mêmes yeux bleus.

— Mademoiselle White, veuillez me suivre, dit-elle à Anna.

— Moi ? Mais pourquoi ?

Un attroupement s'est formé, j'entends des « Anna-la-folle » murmurés.

— N'aggravez pas votre cas, ajoute Mme Anderson.

Anna me jette un dernier regard avant d'obtempérer. Merde alors, pourquoi la proviseure a besoin de deux surveillants pour convoquer mon amie ?

Je rejoins ma salle où Charlotte, Mason et Noah sont déjà installés. Ils n'ont pas plus d'informations que moi sur ce qui vient d'arriver.

À la fin du cours, je me dépêche de rejoindre Aiden pour lui raconter l'incident, mais au même moment, Anna, l'air furibond, traverse le hall. Elle est encadrée par deux surveillants comme une condamnée.

— Virée ! Je suis virée ! rugit-elle.

— Mais à cause de quoi ? demande Aiden, qui n'a pas vu Kaitlyn.

— Il paraît que j'ai démoli la sale tronche de Kaitlyn. Elle n'arrêtait pas de pleurnicher devant sa mère. Je l'aurais attaquée samedi soir « juste comme ça », parce que je suis folle, hurle-t-elle, prête à donner un grand coup de poing dans son casier.

— Mademoiselle White, s'il vous plaît, lui intime l'un des surveillants.

— Dehors ! s'écrie alors Mme Anderson en apparaissant. Prenez vos affaires et sortez.

— Si j'avais frappé votre fille mytho, je serais tellement fière de moi que je le crierais sur tous les toits, répond Anna, du tac au tac.

J'ai déjà vu Anna furax… mais, maintenant que je connais son patrimoine génétique, j'ai du mal à réprimer des flash-back. Est-elle capable de craquer ? D'attaquer arbitrairement toute personne qui se trouve sur son chemin ?

Non, Anna n'est pas comme Tony.

— Je refuse d'écouter vos persiflages. Plusieurs élèves ont témoigné de vos emportements contre ma fille. Estimez-vous heureuse qu'elle ne porte pas plainte. Je vous prie de quitter l'établissement maintenant, répond Mme Anderson.

Plusieurs élèves ?

Encore et toujours les mêmes ragots d'Aliyah.

— Je ne suis pas une menteuse ! s'emporte Anna. C'est vous et votre fille, qui êtes des…

— Anna, stop ! dis-je. On va t'aider, je te le promets.

Comment, je l'ignore, mais la laisser insulter la proviseure n'arrangera rien. Elle me remercie, nous demande de récupérer ses affaires, puis s'en va, la tête haute malgré les regards et les murmures.

— La pause est terminée, retournez en cours, lance Mme Anderson.

Quand arrive l'heure du déjeuner, le lycée entier est au courant de l'esclandre, c'est même l'unique sujet de conversation. En sortant du réfectoire, je croise Kaitlyn et vais droit au but :

— Pourquoi tu accuses Anna ? Elle ne t'a pas touchée.

Je déteste assez Kaitlyn pour être capable de tirer sur le bandage de son bras et de vérifier que son œil n'est pas maquillé, mais j'ai connu assez de bobos dans ma vie pour savoir reconnaître les vrais.

Elle se contente de lever les yeux au ciel.

— Kaitlyn, toi et moi, on sait très bien qui t'a fait ça. Il faut que tu quittes Ryan et que tu…

— Je ne sais pas de quoi tu parles.

Elle prononce ces mots, mais sa voix tremble. J'ai vu juste.

— Il faut te faire aider, Kaitlyn.

— Laisse-moi. C'est Anna-la-folle… et toi, arrête d'essayer de me ressembler, c'est pathétique, dit-elle avec un coup d'œil à mes cheveux.

Comment secourir quelqu'un qui refuse obstinément toute aide ? Surtout quand cette personne vous déteste au plus haut point !

CHAPITRE 20

Anna m'envoie plusieurs messages pour que j'organise une réunion de crise avec les autres. Cela se passera chez Aiden, après les cours.

Charlotte et moi arrivons les dernières, il n'y a plus de place pour stationner dans l'allée. Un voisin a sûrement organisé un dîner, je n'ai jamais vu autant de voitures ici. Je suis obligée de faire le tour du pâté de maisons.

— Tu n'as toujours pas reparlé à Chase ? je lui demande, curieuse.

— Non. J'attends qu'il fasse le premier pas et qu'il présente ses excuses.

Charlotte est rancunière ! D'ailleurs, chez Aiden, elle prend la précaution de s'installer à l'opposé de Chase. Jackson et Jason sont là aussi, et font les pitres, ce qui agace Anna, je le vois bien. Heureusement, Aiden s'en rend compte aussi.

— Allez jouer en haut, les affreux. Noah et Julian vous rejoindront plus tard.

Ils râlent mais obéissent. Bien.

— Qui a dégommé Kaitlyn après que je suis partie ? explose Anna.

Holà, elle commence très fort.

— Du calme, Anna, aucun de nous cinq n'a fait un truc pareil, tu le sais très bien, temporise Julian.

— Vous, non, mais... elles, répond Anna en nous pointant du doigt, Charlotte et moi.

Son accusation me laisse sans voix. Charlotte est sidérée.

— OK, OK, c'était juste une question, se ravise Anna. Mais je vous jure que je regrette de ne pas l'avoir cognée en vrai.

— D'après toi, c'est qui alors ? l'interroge Noah.

— Encore un sale coup de Ryan qui est persuadé que mon frère a tué Greg. Kaitlyn s'est sûrement maquillée et elle simule un poignet cassé.

J'ai eu la même idée. Ce qui est vrai, c'est que Kaitlyn a entretenu les rumeurs sur les supposées menaces qu'elle recevait d'Anna. Pourtant, Kaitlyn a bien été battue, ce n'est pas du théâtre. A-t-elle accepté de subir ça pour qu'Anna soit exclue ? Kaitlyn n'a pas de problème particulier avec Anna, elles n'ont rien en commun, c'est tout. En revanche, son copain déteste Anna, mais est-ce une raison suffisante pour se laisser tabasser ?

— Ce n'est pas du maquillage, j'ai vu Kaitlyn de près, dis-je. Je lui ai demandé pourquoi elle mentait.

— Kaitlyn est une tarée, mais pas au point de se jeter dans un escalier, ajoute Mason.

— Elle a sûrement tout inventé quand sa mère l'a vue si amochée, dis-je. Ou Ryan lui a suggéré de raconter cette histoire.

Mason est d'accord avec moi, il me sourit. Comme avant. Je suis contente qu'on soit sur la même longueur d'onde… Ce qui me rappelle que je ne lui ai toujours pas parlé de son père.

— Kaitlyn serait battue par Ryan, c'est dingue, commente Charlotte.

— La seule solution pour que tu réintègres le lycée, c'est qu'elle reconnaisse devant sa mère que ce n'est pas toi, dit Aiden, pour recentrer le débat.

— Dans une troisième vie, quoi, soupire Anna.

Son portable sonne, elle décroche puis s'éloigne. Les autres continuent de discuter. Je me lève pour aller chercher de l'eau.

— Qui a soif ?

Au même moment, on entend des hurlements en provenance de l'étage : les jumeaux sont en train de s'étriper. Aiden quitte le salon, Mason me suit à la cuisine.

— Tu veux de l'eau gazeuse ? je demande en inspectant le frigidaire.

— Oui, merci… Amelia, ce n'est pas trop le moment, mais ça te dirait qu'on s'organise un truc ce week-end ?

J'en crève d'envie, ça fait tellement longtemps.

— Un mini-golf ? Je suis sûre de gagner !

— C'est ce qu'on verra ! La perdante paye une glace au gagnant.

— Le perdant paye une glace à la gagnante ! je rectifie.

On éclate de rire. Anna arrive précipitamment :

— C'était Ray, un des barmans que j'ai interrogés hier. Il a trouvé quelque chose en visionnant les caméras de surveillance. J'y vais avec Julian.

Elle repart aussitôt. Mason et moi retournons dans le salon.

— Des volontaires pour un mini-golf ? je propose.

— Amelia, tu peux venir, s'il te plaît ? me demande Aiden, qui vient d'apparaître sur le seuil de la porte.

Il a son visage impénétrable de sphinx. Aïe, encore un problème ? Je le suis jusqu'à sa chambre où les jumeaux attendent, l'air grave.

— Racontez-lui, ordonne Aiden.

— On sera punis ? articule Jackson d'une petite voix.

— Non.

Les deux frères échangent un bref coup d'œil, puis Jason se lance :

— Je ne suis pas harcelé à l'école… On a menti parce que… c'est nous qui avons tué Greg.

— Pardon ?

Vu la mine sombre d'Aiden, ce n'est pas une plaisanterie. Comment des enfants de cet âge peuvent-ils avoir commis un meurtre ? Un détail me revient :

— Vous n'étiez pas à la maison ce soir-là, mais chez Tyler.

— Oui, mais on lui a dit qu'on avait oublié *Retour des zombies,* alors on est retournés à pied à la maison.

— On sait où Aiden cache la clé, enchaîne Jackson. Sous la brique. Quand on est ressortis, il y avait un homme en colère, avec du sang partout, qui fonçait sur nous.

Une sueur froide dégouline dans mon dos. Aiden est raide comme un piquet, mais je sens que ça turbine à cent à l'heure dans son cerveau.

— Et après ? je murmure.

— On l'a reconnu, dit Jackson.

— Le beau-père qui a fait du mal à Aiden, ajoute Jason.

Les poings d'Aiden se crispent. Il était persuadé avoir réussi à leur cacher la vérité.

— Greg avait les yeux bizarres, il disait qu'il y avait des affaires à lui dans notre maison. Il m'a attrapé par le col, reprend Jason, avec des sanglots dans la voix.

Je m'assois près de lui et le prends dans mes bras. Aiden sort de la pièce, j'entends un bruit de verre brisé, puis une voix demandant si tout va bien. J'ai envie de pleurer, mais je me retiens pour ne pas effrayer davantage les jumeaux.

— Ça va aller, Jason, c'est fini…

Ces deux petits ont déjà traversé tant d'épreuves : le décès de leur mère, Greg, Andrew. Cela me surprend même qu'ils ne soient pas terrifiés à l'idée de quitter leur maison. Aiden revient, apparemment plus calme. Je ne lis pas seulement de la colère dans ses yeux et sa posture rigide, mais aussi de la peur. Il aurait pu perdre ses frères.

— Continue, dit-il à Jackson.

— J'ai attaqué Greg par-derrière pour qu'il lâche Jason. Ça a marché… Et après, on lui a fait le truc qui marche tout le temps sur les autres. Personne n'est jamais mort, mais là…

— C'est quoi votre « truc » ?

— Je me suis mis à quatre pattes derrière lui…

— Et moi, je l'ai poussé de toutes mes forces, achève Jason.

Et Greg est tombé à la renverse…

— On n'avait pas remis la brique à sa place. Sa tête a cogné dessus, murmure Jackson.

— Très fort, ajoute Jason.

Bon Dieu, les jumeaux l'ont tué par accident ?

— On a paniqué. Jason a remis la brique et on est repartis en courant chez Tyler.

— J'ai fait jurer à Jason d'attendre pour le dire à Aiden, à cause du Père Noël.

— Mais ça devenait trop dur, soupire Jason.

Les jumeaux scrutent alternativement mon visage et celui d'Aiden, dans l'attente de notre réaction. Aiden continue de cogiter en serrant les mâchoires. Quant à moi, je tombe de haut, j'étais convaincue que Luke avait commis le meurtre.

— Ce n'est pas votre faute, les garçons, c'était un accident, dis-je.

— Vous avez bien fait d'en parler.

— On va aller en prison ? murmure Jason.

Jamais de la vie.

— Non. À partir de maintenant, je m'occupe de tout, OK, les affreux ?

On va faire quoi ?

— Mais ça reste entre nous quatre, ajoute Aiden.

Jason et Jackson acquiescent en silence.

— Je vous autorise à prendre des bonbons dans la réserve secrète ! dit encore Aiden avec un clin d'œil.

Les jumeaux ne se font pas prier et détalent comme des lapins. Ne reste qu'Aiden et moi avec ce nouveau problème gigantesque sur les bras.

— Merde, merde, merde, jure Aiden.

— C'est un accident, la police comprendra forcément, je hasarde.

— Il y a eu mort d'homme, Thea, l'enquête piétine depuis un mois parce qu'ils dissimulent la vérité. Je venais d'envoyer ma demande de garde parentale, je ne l'aurai jamais.

J'essaye de trouver une facette positive à tout cela, mais n'en vois aucune… sauf l'innocence de Luke. Anna sera folle de joie.

— Il faut que je prenne un avocat et qu'il soit discret, dit encore Aiden. Tu imagines si les jumeaux reçoivent aussi des menaces ?

J'en tremble littéralement. Aiden attire déjà assez l'attention des médias. Si les projecteurs se braquent sur ses frères, ce sera avec frénésie. Quelle réputation auront-ils ?

— Il y a Alan, l'ami avocat de Brian. Il a très bien réussi à te disculper quand tu étais accusé à tort. On devrait l'appeler.

— Bonne idée. En attendant, il faut tenir, jouer la comédie devant les autres et… continuer d'aider Anna. Merde alors.

Les rouages tournent à vive allure dans ma tête : si Luke n'a pas tué Greg, il sera libéré et pourra contacter Tony, qui viendra voir sa fille, et me retrouvera en même temps. Toutes les cartes sont contre moi. Luke n'a pas à être jugé pour un meurtre qu'il n'a pas commis. Mais s'il sort, je suis fichue ou bien je sers d'appât. C'est peut-être ce que veut Dylan. Les risques pour mes amis sont…

Les bras d'Aiden qui viennent enserrer ma taille me sortent de mes pensées.

— Aiden, je crois qu'on devrait tout dire à Anna. On n'a pas le choix.

— Non, Thea, pas de précipitation. On n'a pas droit à l'erreur, j'ai besoin de réfléchir encore.

Je me laisse aller contre sa poitrine. Il a raison.

— Hé, les amoureux ! On a commandé une pizza, vous venez ? appelle Noah.

— On arrive ! Thea, ajoute-t-il d'une voix calme, sois la plus naturelle possible, OK ?

« Naturelle », « normale ». Je commence à détester ces mots…

La pizza est délicieuse, l'ambiance bon enfant, cela m'aide à « être normale ». Après le dîner, Chase propose à Charlotte de la raccompagner. Elle hésite d'abord, puis accepte. Mason et Noah s'en vont à leur tour, j'aide Aiden à ranger, et ensuite il m'explique un théorème de maths. J'ai du mal à me concentrer. On arrête à vingt et une heures.

— Je te raccompagne jusqu'à ta voiture, dit Aiden.

— Non, reste avec les jumeaux, je ne suis pas garée loin.

Aiden me regarde lacer mes chaussures. Quand j'ai terminé, il me serre contre lui et murmure :

— C'était une sale journée, mais on va s'en sortir, Thea. Ensemble. N'oublie pas.

Ses lèvres viennent écraser les miennes pour un long baiser, passionné, parfait.

— Je t'aime, Thea.

Je fonds comme un marshmallow.

— Moi aussi, je t'aime.

— Écris-moi quand tu es chez toi.

— Promis.

Aiden ne rentre pas avant de m'avoir vue tourner à l'angle de la rue. Je m'éloigne avec un sourire niais. Une fois arrivée à ma voiture, je réalise que j'ai oublié mon pull dans la cuisine. Je repars en sens inverse, tourne au coin… et remarque deux hommes en costumes, postés devant un 4 x 4 noir, garé en amont.

Un frisson d'angoisse me parcourt l'échine. Je m'approche encore. On dirait le père d'Aiden… Oui, c'est bien lui, avec Harvey Vedenin, son homme de main qui a essayé de m'abattre.

Mon Dieu. Je crie ? Non, je me glisse entre deux voitures puis m'accroupis. Ils marchent maintenant dans ma direction. Mon cœur bat de plus en plus fort. Ils ne sont pas venus pour moi mais pour Aiden. Je dois le prévenir. Vite, je sors mon portable et j'appuie sur son nom. Je n'ose pas relever la tête pour vérifier ce qu'ils font. Aiden décroche :

— Tu as oublié quelque chose ? Attends, je t'ouvre.

— Aiden, non, n'ouvre pas, ce n'est pas…

Un *bang* résonne à la fois dans mon oreille et dans la rue.

— Aiden !

Encore des cris, des coups, c'est insupportable, je me relève et cours vers la maison. Aiden, Jason, Jackson. Je ne pense qu'à eux. Quand j'arrive devant chez eux, la porte est grande ouverte. Malgré la panique, je m'oblige à raisonner. Au lieu de foncer à l'intérieur, je contourne la maison, j'enjambe le portillon, puis me poste près de la porte-fenêtre de la cuisine.

La scène que je découvre est pire qu'un coup de poing à l'estomac : Aiden est mis en joue avec un fusil tenu par Andrew, ses deux petits frères se sont réfugiés derrière lui, tremblants de peur.

Je compose le 911. Chaque sonnerie dure une éternité.

— 911 à votre écoute.

— Bonjour, Amelia Collins à l'appareil… S'il vous plaît, faites vite… Un homme avec un fusil… trois personnes.

Je communique l'adresse d'Aiden.

— L'alerte est donnée. Une patrouille est en route. Vous êtes en sécurité, Amelia ?

Je jette un coup d'œil à l'intérieur. Ils parlent toujours, mais le ton monte, l'arme est toujours pointée sur celui que j'aime… Aiden ne resterait jamais à me regarder sans rien faire si j'avais des ennuis. Je dois me bouger. Je raccroche, la police est en route, c'est tout ce qui compte.

Que faire ? Ce n'est pas un film, je ne peux pas surgir comme une super-héroïne, même si j'en rêve. Comme toujours, Aiden me remarque avec son sixième sens. Il se raidit davantage.

Andrew n'en finit pas de parler de sa carrière politique. Sans le quitter des yeux, Aiden commence lentement à se décaler, forçant Andrew et Harvey à se déplacer aussi pour rester face à lui. Grâce à ce mouvement subtil, les deux hommes me tournent le dos et ne peuvent plus me repérer. Mais que faire ? Je ne me suis jamais sentie aussi impuissante de ma vie. Cela me rend malade, je voudrais percer le mur et crier jusqu'à ce que mes poumons soient entièrement vides.

Les yeux d'Aiden croisent les miens, juste une seconde, mais assez longtemps pour que je comprenne. Ce regard que je connais trop bien.

Tire-toi de là en vitesse.

Soudain, Jason tend la tête et me voit. Ses yeux s'agrandissent. Merde. Aiden le repousse d'une main et interrompt les envolées lyriques d'Andrew :

— T'as pas honte de pointer un flingue sur tes propres enfants, Kessler ?

L'ombre d'une émotion traverse le visage d'Andrew, mais cela ne dure qu'un instant.

— Tu fourres trop ton nez dans mes affaires, Aiden, je t'avais prévenu.

J'ai une idée, je sors de l'ombre, le téléphone levé. Andrew a un mouvement de recul.

— Vous êtes en direct ! je crie en levant très haut mon téléphone.

— Petite idiote. Quand je t'aurai tuée, je supprimerai cette vidéo.

Bénie soit Charlotte d'avoir téléchargé S-Live Time l'autre jour. Elle ne s'était pas déconnectée, son compte était toujours ouvert sur mon portable.

— La vidéo est déjà sur le Net, tout le monde vous voit, monsieur Kessler !

Il s'arrête, regarde Harvey, comme pour déterminer si je bluffe ou non. Aiden profite de ce moment d'hésitation pour plonger sur Andrew et le plaquer au sol, à croire qu'il a joué au football toute sa vie. Je ne vois pas l'arme voler, mais j'entends des sirènes. Harvey agrippe Aiden pour le faire lâcher prise. Cette fois-ci, c'en est trop, je saute sur son dos, m'agrippe à lui comme un koala, les bras autour de son cou, les jambes autour de sa taille en serrant de toutes mes forces. Cet homme m'a tiré dessus, sans Aiden, je serais morte. Je préfère être damnée que le laisser continuer de foutre ma vie en l'air.

Harvey tournoie sur lui-même pour se dégager, mais je m'accroche, nourrie par la rage, la peur et la haine. Je suis épuisée, mais je tiens bon, je veux gagner ce combat. Soudain, il court vers le mur et me propulse dessus. Mes poumons se vident d'un coup. Je ne lâcherai pas. J'ai affronté Tony à deux reprises et j'ai gagné. *Tiens bon, Thea, pour Jason, pour Jackson, pour Aiden.*

Un coup de feu retentit, puis un autre, je panique.

— Aiden ? Aiden !

J'ignore qui a tiré.

Mon Dieu, faites qu'il n'ait rien.

Harvey se rue à nouveau contre le mur. Des milliers d'aiguilles me transpercent la colonne vertébrale. Mes bras s'engourdissent, je lâche prise.

Où est Aiden ?

Des policiers entrent en trombe. Ma tête tambourine. *Où est Aiden* ?

Je l'aperçois enfin. Aiden et Andrew sont menottés. Le nez d'Andrew est tuméfié et saigne, Aiden n'a rien.

— Il n'a rien fait ! je hurle. Je suis Amelia Collins, c'est moi qui ai appelé les secours.

Après quelques explications, Aiden est libéré et tombe dans mes bras.

— Tu vas bien ? Tu n'as rien ? s'inquiète-t-il.

— Rien, et toi ? Les coups de feu ?

— Dans le mur, pendant qu'on se battait.

La joie et le soulagement me submergent. Je l'embrasse éperdument, longtemps, parce que j'ai cru le perdre. Il reprend sa respiration et appuie son front contre le mien.

— Pourquoi tu ne peux jamais rester en dehors des emmerdes quand je te le demande ? Tu imagines s'il t'était arrivé quelque chose à cause de moi ?

— Tu as vu, tout s'est bien terminé. Moi aussi, je veux toujours être là pour toi.

Jason et Jackson reviennent, accompagnés par un officier de police. Dès qu'ils nous voient, ils accourent pour se coller à nous dans une grande embrassade. Aiden en a les larmes aux yeux. C'est bien la première fois que j'assiste à un trop-plein d'émotion de sa part.

— Je suis fier de vous, les affreux. Vous avez été exemplaires, dit Aiden.

— Toi aussi, Amelia, ajoute Jason. T'étais trop forte.

— C'est pour ça que je l'aime ! plaisante Aiden, en déposant un baiser sur mon front.

J'ai envie de rire, de pleurer et de rester dans ses bras pour toujours. Aiden va bien, les jumeaux également… et moi aussi.

On est ensemble.

On est heureux.

CHAPITRE 21

La nuit est longue et fatigante, mais savoir Harvey et Andrew enfin arrêtés vaut bien cette peine.

Nous allons d'abord à l'hôpital pour quelques soins. On ne me demande pas de décliner mon identité, je trouve ça étrange.

Ensuite, direction le commissariat. La vidéo que j'ai prise de Kessler s'est automatiquement enregistrée sur le profil de Charlotte. Elle avait déjà atteint des milliers de vues quand la police en a exigé une copie. Même si je l'ai retirée du compte de Charlotte, je sais qu'elle continuera de tourner sur le Net, comme la vidéo de ma bagarre avec Kaitlyn. Celle de Kessler est une véritable bombe, son impact est immense, le scandale aussi. Elle fera la une nationale au petit déjeuner.

Bien sûr, j'ai vérifié que je n'y apparaissais pas. Durant un bref instant, on voit mon reflet, mais l'image est floue. Comme la vidéo est sur le profil de Charlotte, tout le monde pensera qu'il s'agit d'elle.

Brian étant encore le tuteur légal des jumeaux, nous le prévenons pour qu'il soit présent à l'interrogatoire de Jason et Jackson. Il arrive sur-le-champ. Le père et le tuteur parfait. Même si sa vue me donne la nausée, j'apprécie sa présence : Brian se démène, s'assure que tout va bien, pose les bonnes questions à la police, exige des réponses. Je comprends pourquoi Mason est attaché à lui. Son père a une liaison secrète, mais n'est pas le pire des hommes.

Ma mère me manque. Quand j'appelle, je tombe directement sur sa messagerie vocale. Trop tard, elle doit déjà être dans l'avion. Je lui envoie un texto pour qu'elle ait de mes nouvelles en rallumant son portable.

Après des heures et des heures, nous sommes enfin autorisés à partir. Malgré la réticence de Brian, Aiden garde ses frères avec lui. Les garçons ont envie de se retrouver chez eux. Je porte le sweat à capuche d'Aiden pour me protéger des journalistes qui nous mitraillent avec leurs flashs. Des gens crient à Aiden de faire une déclaration, mais il ne s'arrête pour personne. Une fois dans son 4 x 4, je suis contente d'être à l'abri derrière les vitres teintées.

Je devrais sûrement prévenir Dylan, mais dès que je pense à lui je me souviens qu'il m'utilise pour débusquer Tony, du coup j'abandonne toute idée de l'appeler.

Malgré ses points de suture sous la mâchoire, Aiden m'assure qu'il va bien. Je ne peux pas m'empêcher de le regarder, il est encore plus sexy !

Le jour se lève quand nous arrivons chez lui. Je déplace ma voiture pour la garer dans son allée, puis c'est enfin l'heure de se coucher. Me blottir sous la couette avec Aiden est à la fois fantastique et surréaliste après tout ce qui vient de se passer. Je serais capable de ne plus jamais bouger !

La lumière du petit matin filtre à travers les rideaux. Nous nous regardons longuement dans les yeux, insatiables. C'est peut-être l'adrénaline ou le fait d'avoir frôlé la mort pour la deuxième fois, mais aucun de nous deux n'a sommeil. Aiden caresse doucement ma joue.

— Tu es belle, Thea.

Ses mots agissent comme une étincelle. Je roule sur lui, ses bras m'emprisonnent, mes lèvres trouvent les siennes, mes mains se perdent dans sa chevelure. Je donne tout dans ce baiser, mes émotions, ma peur, ma joie, mon désir, mon amour. Il me serre à m'étouffer, comme s'il craignait que je disparaisse. Je ne me lasserai jamais de lui, mon cœur explose d'amour.

Aiden me soulève pour venir se placer au-dessus de moi. Ses lèvres glissent le long de mon cou jusqu'à mon point sensible, que lui seul connaît. Nos vêtements volent dans la pièce.

Ma vie n'est pas parfaite et ne le sera peut-être jamais, mais ce moment avec lui est proche de la perfection.

*

Se réveiller aux côtés d'Aiden est un délice. Nous passons la journée à la maison. Pas d'école ni de lycée. Nous jouons avec Jason et Jackson, préparons des gâteaux. On ne parle ni d'Andrew et Harvey, ni de Luke ou Greg. Nous avons tous besoin de calme pour oublier le chaos de la veille.

Il est presque quatorze heures quand les pâtes à la bolognaise sont prêtes. Je reçois un texto de maman.

Je viens d'atterrir. Brian m'a envoyé la vidéo. Tu vas bien ? Pourquoi ne m'as-tu rien dit ?

Oui, tout va bien. Je te raconterai quand tu reviendras.

L'époque où ma mère réglait mes bobos avec un bisou magique semble lointaine. J'ai grandi, nous avons changé, elle et moi. Je croise le regard d'Aiden en train de goûter la sauce tomate. Il me fait un clin d'œil, je fonds. Oui, j'ai grandi, et j'ai Aiden dans ma vie.

Nos amis débarquent après les cours. Les retrouvailles sont une suite de câlins et d'embrassades, Jason et Jackson reçoivent même des cadeaux. Personne n'arrive à croire que le père d'Aiden ait tenté de tuer ses propres fils.

Les garçons s'installent dans le canapé pour une partie de jeux vidéo. Un autre *Retour des zombies,* ou des aliens, ou bien des vampires dont les jumeaux raffolent. Une partie endiablée commence entre Noah, Jason et Jackson d'un côté, Mason, Julian et Aiden de l'autre. Ça rit, ça crie, on ne s'entend plus.

Charlotte, Anna et moi allons dans la cuisine à la recherche d'un peu de calme.

— Ça vous intéresse ou pas, ce que Ray m'a raconté hier ? s'impatiente Anna.

Ah oui, le barman, j'avais oublié.

— Bien sûr, raconte.

— Il a confirmé que Luke était parti à seize heures. Après on a parlé avec des habitués, certains ont dit que Greg était là. Le gérant doit nous le confirmer, mais il était absent hier.

Rien de fracassant, en résumé.

— L'avocat de Luke a du nouveau ? je demande.

— Non. L'enquête piétine, c'est énervant. On dirait que personne n'a envie de prouver son innocence.

— Pourtant, tout le monde peut voir sur la vidéo qu'il était trop bourré pour tenir debout. Comment peut-on tuer quelqu'un dans cet état ? je commente pour abonder dans le sens d'Anna.

— Greg a peut-être fait une overdose ? suggère Charlotte.

— Le rapport d'autopsie a confirmé qu'il était mort d'un violent coup sur la tête… et tout désigne mon frère. Il va croupir en prison pendant des années, se désespère Anna.

— Non, Luke n'est pas coupable ! je m'exclame.

Je sais que ce n'est pas lui. Il nous faut juste le temps de trouver une solution pour les jumeaux, Anna pourra retrouver son frère après.

CHAPITRE 22

Comme nos amis ont dit que c'était de la folie au lycée à cause de toutes les questions qu'on leur posait sur nous, on décide de sécher les cours jusqu'à la fin de la semaine. Espérons que les choses se seront calmées d'ici notre retour, Aiden subit déjà suffisamment de pression médiatique comme ça. Quant à moi, je rase les murs pour ne pas attirer l'attention.

Maman est rentrée, elle a appelé Dylan pour lui raconter ce qui s'était passé. Il a eu la même réaction qu'avec moi en minimisant les retombées éventuelles. Pourtant j'apparais bien une fraction de seconde sur la vidéo, mais cela ne le dérange pas du tout. Dans ce cas, pourquoi me priver des réseaux sociaux et m'interdire de prendre des photos avec mon propre appareil si ceux qui m'ont imposé ces règles ne s'en soucient même pas ? Maman s'est inquiétée, mais il l'a rassurée. Conclusion, si l'agent du FBI n'est pas inquiet, pourquoi le serait-elle ?

Je me suis bien gardée d'expliquer à maman que l'agent Dylan me voulait ici pour une raison précise. Elle m'empêcherait de voir mes amis et ça, je ne le supporterais pas.

Aiden et moi avons manqué les cours une grande partie de la semaine, mais les potes nous déposaient chaque jour les devoirs pour que nous n'accumulions pas de retard. Ou plutôt pour que *je* ne prenne pas de retard ! Aiden pourrait remplacer les profs dans chaque matière, alors que moi en maths… j'ai besoin de soutien scolaire.

Aiden a accepté de venir me donner un petit cours vendredi matin. Il arrive après avoir déposé les jumeaux à l'école. On monte pour bosser dans ma chambre.

— Je passe aux toilettes d'abord, me dit-il.

J'entre dans ma chambre et sors mes cahiers. J'entends la porte des toilettes se rouvrir puis des pas précipités. Aiden revient avec un bâtonnet en forme de thermomètre à la main. Sur son visage, un mélange d'incrédulité et de frayeur.

C'est un test de grossesse.

— Thea, je croyais que… on a toujours utilisé des… tu es enceinte ?

— Moi ?

— Tu croyais être enceinte et tu ne m'as rien dit ?

— Quoi ?

— Pourquoi tu ne m'en as pas parlé avant ? Je sers à quoi ?

J'ai soudain envie d'éclater de rire.

— Aiden, ce n'est pas mon test ! Si j'en avais fait un, il serait dans… mes toilettes.

— Donc, c'est celui de ta mère, conclut-il.

— Tu imagines s'il avait été positif, je murmure.

Les scénarios défilent à toute vitesse dans ma tête.

— Ça ne peut plus durer, Brian parle à Mason ou c'est toi qui le fais, répond Aiden.

— Je le vois demain… je le ferai, c'est mieux pour lui.

Aiden s'assoit à côté de moi et me frotte le dos pour me réconforter.

— Mason mérite de savoir, tu le sais bien, Thea.

Il va surtout me détester pour ne pas le lui avoir dit plus tôt. Pour avoir détruit l'image qu'il a de son père parfait, et ruiné sa vie de famille. Et parce que ma mère est l'autre femme.

— Tu crois qu'il sera très énervé contre moi ? je demande d'une toute petite voix.

— Courage. Je sais que Mason tient à toi. Il sera contrarié sur le coup, mais il s'en remettra. Ce serait mille fois pire qu'il le découvre d'une autre façon… du genre, ta mère débarque chez eux et annonce qu'elle est enceinte.

Est-ce que moi-même je peux imaginer pareil scénario ? Ma mère, enceinte. Le père de Mason quitterait-il sa famille ou soutiendrait-il que l'enfant n'est pas de lui ?

Dieu merci, pas de bébé pour cette fois-ci. J'espère juste que je ne perdrai pas un très bon ami.

*

— C'est bien parti pour ma glace ! s'amuse Mason alors que je rate mon troisième coup d'affilée au mini-golf.

— Laisse-moi me concentrer.

Je suis complètement à l'ouest aujourd'hui, je ne pense qu'à *la* conversation qui se rapproche de minute en minute. Le plan est d'abord de s'amuser avant d'aller manger cette foutue glace. Ensuite, je lui parlerai.

— Vas-y, concentre-toi ! J'ai deux coups d'avance sur toi, je t'ai déjà pulvérisée !

Il rate le coup suivant.

— Tu es trop bavard, Mason !

Petit à petit, je remonte mon retard et remporte la partie avec trois coups d'avance. On a bien rigolé, avec Mason, c'est toujours drôle. Je m'en veux de l'avoir évité pendant tout ce temps… mais c'est peut-être lui qui voudra m'éviter maintenant.

— Aiden n'est pas jaloux que tu sortes avec moi ?

— Bien sûr que non ! Je fais ce que je veux, je n'ai pas besoin de permission. Aiden est mon copain, pas mon père.

— Même ton père n'oserait pas !

Mason réalise son erreur une demi-seconde plus tard.

— Euh… pardon, je suis trop con.

Mes amis savent que mon père est mort, seul Aiden connaît la version complète.

— D'ailleurs, comment tu fais sans père ? ajoute encore Mason, maladroit.

Il est trop mignon quand il s'emmêle les pinceaux.

— Ça va, je gère, je m'occupe, mais je pense souvent à lui, surtout quand je suis seule.

— Moi, je ne sais pas ce que je ferais sans le mien. Son avis compte énormément, il m'aide à avoir confiance en moi.

Meeeerde.

La culpabilité me tombe dessus comme une bassine d'eau glacée. Dois-je rebondir tout de suite ? Brian traîne les pieds depuis trois semaines, je ne peux pas mentir à Mason plus longtemps.

— J'ai un truc à te dire, Mason, et j'aurais dû le faire depuis longtemps.

— Hé ho ! Coucou ! s'exclame une voix.

On tourne la tête en même temps : Noah, Charlotte et Julian sont juste de l'autre côté de la barrière. Raté pour les confidences.

— Vous avez fini ? demande Noah. J'ai faim !

— Si c'est toi qui payes, on arrive ! lui répond Mason

Argh, et moi qui attendais ce tête-à-tête avec Mason.

CHAPITRE 23

Dimanche.

J'appelle Mason pour lui proposer de me rejoindre. Il décline mon idée parce qu'il a « des trucs prévus avec son père ». Je grince des dents. Brian va-t-il enfin parler à son fils ?

Du coup, j'appelle Charlotte pour qu'elle me raconte les derniers développements avec Chase. Il l'a ramenée chez elle, la semaine dernière. Chase a présenté ses excuses. Il est conscient d'avoir été trop loin et sait qu'il doit lui foutre la paix. Ils se sont réconciliés, mais Charlotte a l'impression que ce ne sera plus jamais pareil parce que Chase ne peut s'empêcher de l'aimer et de vouloir sortir avec elle.

Charlotte dit que cette semaine au lycée, ça s'est bien passé entre eux. Chase plaisante avec elle comme avant, ce qui prouve qu'ils ont tourné la page. Pourtant, j'ai bien senti qu'elle avait un pincement au cœur parce qu'il ne l'appelle plus par son petit nom, paraît-il. Chase ne se sent plus autorisé à le faire. Mais bon, elle préfère ça plutôt que de perdre son meilleur ami… Un jour, une fille tombera éperdument amoureuse de Chase, et j'espère que Charlotte sera contente pour lui, parce qu'il le mérite malgré tout. J'espère que je serai là pour voir ça.

Après notre appel téléphonique, comme je m'ennuie à la maison, je décide de prendre ma voiture et d'aller à la salle de sport. Cela m'occupera, trop de questions et de visages tournent dans ma tête. Anna et Tony, Jason et Jackson, Dylan… Sur la route, je remarque soudain une Mustang rouge familière devant moi. C'est Ryan, je ne l'ai pas revu depuis qu'il a martyrisé mon poignet. Il ralentit, puis une silhouette aux cheveux blonds est éjectée sur le bas-côté.

Non, il a osé virer Kaitlyn de sa voiture ?

Aucun doute, c'est bien elle qui se relève en époussetant ses vêtements. Avec un bras en écharpe, ce n'est pas simple. Je me gare pour vérifier qu'elle va bien et commence à baisser ma vitre, puis je me ravise. Après toutes ses méchancetés et ses humiliations, cette fille mérite-t-elle mon aide ?

Qu'elle rentre à pied.

Je redémarre, mais les remords me rattrapent au galop. *Ne regarde pas dans le rétro, Thea.*

Je regarde quand même.

Elle boite.

Bordel de merde.

Je fais demi-tour, et reviens à sa hauteur. Elle refuse de tourner la tête vers moi, c'est donc qu'elle a reconnu ma voiture.

— Kaitlyn, je te dépose ?

Ça y est, elle réagit enfin. Son maquillage a dégouliné sur ses joues, son œil est encore plus noir qu'avant.

— Va-t'en.

Je descends de voiture et traverse la chaussée.

— Kaitlyn.

— Laisse-moi tranquille.

— Tu es sûre que ça va ? J'ai tout vu, Ryan t'a éjectée de sa voiture.

Elle continue d'avancer en claudiquant.

— T'es contente, c'est ça ? hurle-t-elle.

— Mais non, pas du tout, j'essaye juste de t'aider.

— Je n'ai pas besoin de ton aide.

Malgré sa carapace et ses grands airs, Kaitlyn ne parvient plus à retenir ses larmes.

— Tu devrais au moins parler de tes problèmes à quelqu'un… et quitter Ryan.

— C'est mon copain, sanglote-t-elle.

— Il te frappe, Kaitlyn ! Ce n'est pas normal du tout.

— Je ne le quitterai jamais.

J'ai envie de la secouer comme un prunier pour qu'elle comprenne. Je déteste cette fille, mais je ne peux pas rester sans rien faire devant tant de détresse.

— Putain, qu'est-ce qui t'arrive, Kaitlyn ? Tu n'es plus la même. Où est passée la queen du lycée ? Celle qui était prête à me défoncer parce que j'avais osé poser les yeux sur le mec qu'elle aimait ? Je ne te reconnais plus. Tu laisses ton copain te traiter comme une sous-merde. Non, tu n'es pas obligée de rester avec lui, et, oui, tu mérites mille fois mieux que ce mec violent et tu le sais très bien.

— Occupe-toi de tes fesses, Amelia. Tu ne sais rien de ma vie.

— Je n'ai pas besoin de connaître ta vie pour voir que tu es une femme battue, Kaitlyn. Tu n'as pas à...

— Tais-toi !

— Non !

— Tu ne comprends rien !

— Il n'y a rien à comprendre, Ryan est un...

— Je n'ai que lui ! me coupe-t-elle en éclatant en sanglots.

— Quoi ?

— Tu vois que tu ne comprends pas. Je n'ai que lui, Ryan est mon seul ami.

— Et Makayla ? Krista, Alexa, Br...

— *Pfff*, des pots de colle toujours d'accord avec moi, parce que je suis populaire, mais qui ne se gênent pas pour baver dans mon dos. En vrai, elles n'en ont rien à faire de moi.

— Pourquoi tu ne cherches pas de vraies amies, plutôt que des admiratrices ?

— Ça me plaisait d'avoir une cour d'admiratrices qui avaient peur de moi. Je pouvais diriger, décider laquelle était cool, laquelle avait le droit d'être invitée aux soirées. Les filles voulaient toutes être mes copines et les mecs rampaient à mes pieds. Même Aiden. Mais tu es arrivée, tu me l'as volé sans même le vouloir et tu as démoli ma réputation. J'ai tout perdu et ma popularité ne veut plus rien dire.

Wouah. Je ne savais pas qu'elle était capable d'introspection.

— C'est si important d'être populaire ? Au point de rester avec un mec violent ?

Après un silence, elle me répond enfin :

— Sans Ryan, je suis seule.

Jamais je n'aurais pensé m'apitoyer sur le sort de Kaitlyn. Elle a vraiment besoin d'aide.

— Allez, Kaitlyn, tu n'es pas seule, tu as du caractère, de la personnalité, et plus d'amis que tu ne le crois. Quitte Ryan, tu iras mieux après.

— Ne me fais pas croire que tu es mon amie, Amelia, parce que ça n'arrivera ja-mais-de-la-vie.

— T'inquiète. Allez viens, je te ramène.

Petite victoire, elle me suit jusqu'à la voiture.

— De toute façon même si je le voulais, je ne pourrais pas quitter Ryan, lance-t-elle brusquement.

— Bah pourquoi ?

Elle hésite longuement, puis :

— Il a… des photos de moi dans son téléphone. Je le connais, il n'hésitera pas à s'en servir.

— Tu préfères continuer à te faire taper dessus à cause de ces photos ?

— T'es vraiment trop conne : si les photos sont publiées, je suis foutue, je peux dire adieu à mes inscriptions universitaires… sans parler de la honte pour mes parents.

— Kaitlyn, c'est du chantage. Tu n'as que dix-sept ans, tu ne vas pas rester coincée dans cette situation toute ta vie… Les photos sont juste sauvegardées dans son téléphone ? Il n'y a pas moyen de le lui piquer ?

— J'ai retenu son mot de passe, mais il fait hyper attention. Les photos sont aussi enregistrées dans son ordi. Quoi que je fasse, il s'en rendra compte. J'y ai déjà réfléchi, Amelia, ajoute-t-elle avec dédain.

Kaitlyn monte dans ma voiture pour me faire comprendre qu'elle est pressée de rentrer.

— Je peux t'aider à détruire les photos de son portable et de son ordi.

— Tu ferais ça pour moi ? répond-elle avec un regard soupçonneux.

— Si tu le quittes oui… et si tu dis la vérité à ta mère pour qu'Anna puisse reprendre les cours.

Elle réfléchit quelques secondes, puis répond à contrecœur :

— OK. Mais tu n'en parles à personne.

— D'accord… Maintenant, juste un dernier petit truc, dis-je en sortant mon portable pour la filmer. Reconnais que ce n'est pas Anna qui t'a frappée. Je détruirai cette vidéo quand tout sera fini.

— *Grrr,* je te déteste… Salut, c'est moi, Kaitlyn Anderson. J'ai menti à tout le monde. Anna-la-folle est peut-être folle, mais ce n'est pas elle qui m'a frappée. C'est mon copain, Ryan Simms. Anna a été virée à tort… Voilà, t'es contente ?

Je retiens un sourire et coupe l'enregistrement. Même si Kaitlyn insulte Anna, ce sont des aveux en bonne et due forme. Je ne m'en servirai jamais contre elle, j'ai sincèrement envie de l'aider à se sortir des griffes de Ryan…

Je me laisse guider par Kaitlyn jusqu'à un quartier calme où les maisons trônent au milieu de vastes pelouses. Je suis impressionnée par cette succession de propriétés plus fastueuses les unes que les autres, alors que Kaitlyn reste de marbre, habituée à ce luxe.

Elle m'indique une maison à colonnades, me donne le code du portail pour que je m'engage dans l'allée bordée d'arbres.

— Rendez-vous demain après le lycée pour faire ce qu'on a prévu, me dit-elle sans un regard.

Et sans un remerciement. Sa Majesté Kaitlyn sort de ma voiture, claque la portière, puis s'éloigne vers l'entrée de sa demeure… *Hum*, cette fille ne va pas changer du jour au lendemain… mais je suis tout de même contente de moi !

CHAPITRE 24

Aujourd'hui, et pour la première fois depuis la vidéo montrant Andrew en train de viser son fils avec une arme, Aiden et moi retournons au lycée.

Les réactions sont nombreuses et variées, entre ceux qui le dévisagent comme s'il était un dieu vivant et ceux qui ont l'air terrorisé ! Aiden est sollicité toutes les trente secondes, mais il ne daigne pas s'attarder, pressé d'avancer, sans lâcher ma main.

Quand nous repartons après les cours, je remarque Anna qui patiente à la sortie. Le lycée Commack Silver, où elle est scolarisée en attendant, a des horaires différents du nôtre, et elle termine plus tôt.

Julian et Mason sont avec elle.

— Vous avez prévu un truc ? je demande.

— On va interroger le gérant du bar qui a vu Greg le soir du meurtre.

Aïe. J'ai rendez-vous avec Kaitlyn.

— Euh… tout de suite ?

Aiden me sonde du regard. J'aurais dû lui expliquer, mais dès qu'il s'agit de Ryan, il est surprotecteur avec moi. Je m'abstiens donc sagement de lui parler de mon plan.

— Désolée, je ne peux pas, dis-je en essayant de rester naturelle.

Je vois tout de suite qu'Anna est très déçue.

La Porsche rutilante de Kaitlyn s'immobilise près de moi dans un crissement de pneus.

— Tu viens ? lance-t-elle par la vitre ouverte.

Mes amis se jettent des regards sidérés.

— J'arrive.

— Tu vas où ? demande Aiden en me retenant par le bras. Il y a un problème ? Elle te cherche des histoires ?

— Ne t'inquiète pas, je dois juste l'aider pour un truc, dis-je en l'embrassant. Je te raconterai après.

— T'as fumé ou quoi ? explose Anna. J'ai été virée il y a moins d'une semaine et toi, tu m'as déjà remplacée. Et pour aider ma pire ennemie en plus. Non, mais je rêve !

— Anna, ce n'est pas ce que…

— Arrête tes conneries ! T'as quoi dans ta cervelle de blonde, hein ? Tu comptes encore sur Aiden pour réparer les pots cassés, comme d'habi…

— Parce que Julian ne fait pas la même chose pour toi ?

Choquée, Anna referme la bouche. Aiden et Mason tentent de désamorcer le conflit. Tant pis si je l'ai vexée. Je sais qu'elle déteste Kaitlyn, mais ce n'est pas une excuse pour me sauter à la gorge.

Un grand silence s'installe entre nous. On entend les rires des élèves et les claquements de portières alentour.

— Désolée, Anna.

— Pas moi, gronde-t-elle.

— Tu viens ? lance Kaitlyn.

— Je promets de vous expliquer après. Toi aussi, tu comprendras, Anna.

J'embrasse Aiden et murmure « je t'aime » à son oreille, avant de monter dans la voiture de Kaitlyn. J'évite de croiser les regards confus de Mason et Julian, sidérés par mon apparente trahison, mais tout sera réglé dans moins de vingt-quatre heures. Kaitlyn a besoin de moi. Anna aussi.

*

On discute de notre plan, puis Kaitlyn me dépose pour que je récupère ma voiture. Je la suis ensuite jusque chez Ryan, qui est seul à cette heure-ci. Kaitlyn doit se présenter chez lui, animée par sa « légendaire énergie » (autrement dit, Kaitlyn-la-punaise), l'accuser d'avoir oublié leur anniversaire de couple.

Elle le forcera à l'inviter au resto pour qu'il laisse la place libre.

J'attends, planquée dans ma voiture. Kaitlyn frappe à la porte de la maison. Ryan ouvre au bout de plusieurs minutes. Ses cheveux sont décoiffés, il est négligé, en jeans et sweat à capuche Commack Silver High. Les deux discutent, Kaitlyn s'énerve, ses bras s'agitent, Ryan est renfrogné. J'imagine leur conversation.

Tu n'as rien prévu pour aujourd'hui ? Je compte pour du beurre ou quoi ? C'est notre anniversaire, ça fait deux mois qu'on sort ensemble, merde !

Chaque fois qu'il essaye d'ouvrir la bouche, elle le houspille. Ryan se pince l'arête du nez, Kaitlyn relève le menton. De guerre lasse Ryan repart à l'intérieur. J'éclate de rire quand je le vois ressortir, habillé et chaussé convenablement. La suite de notre plan est plus délicate.

Kaitlyn commence à le suivre, puis s'arrête, lui annonce qu'elle doit aller aux toilettes. Ryan râle, ils se disputent à nouveau, Ryan finit par lui tendre son trousseau de clés. Kaitlyn remonte les marches, rouvre la porte d'entrée, disparaît dans la maison. Au bout de quelques minutes, Ryan klaxonne, puis redescend de voiture. *Ouf*, Kaitlyn arrive, tire la porte derrière elle, en oubliant « malencontreusement » de la refermer à clé.

Ils remontent en voiture. Je disparais sous mon volant pour ne pas être vue. Kaitlyn m'envoie un texto quelques secondes plus tard.

Ordi sur son lit. Deuxième porte à gauche. Le carnet avec les mots de passe est quelque part dans le placard mais je n'ai pas eu le temps de le trouver.

Ah, ah ! L'incapacité de Ryan à mémoriser ses mots de passe va nous servir. *C'est parti, Thea.* Je déteste les ennuis, mais jouer à l'agent secret me plaît beaucoup. L'idée de rouler Ryan dans la farine (en faisant équipe avec Kaitlyn, qui plus est) me donne des ailes, mon taux d'adrénaline atteint des sommets.

J'entre chez Ryan. Il vit avec sa mère dans une maison de taille modeste. Je suis les instructions de Kaitlyn et me dirige vers la chambre de Ryan. C'est le bazar, les draps sont défaits, les vêtements jonchent le sol. Sur les murs, des affiches de filles nues… *errk*, c'est immonde. Comme prévu, l'ordinateur est sur son lit. Je fouille son placard. Zut, j'aurais dû prévoir des gants, il y a des caleçons sales roulés en boule. Quel crasseux. Je repère le fameux carnet noir sur l'étagère du haut. « Grosnibards » est le mot de passe qui me permet de déverrouiller son ordi. Ce mec est la finesse incarnée.

J'aborde maintenant la partie délicate de notre plan puisque je suis censée vérifier toutes les photos de Kaitlyn nue, pour être certaine de n'en oublier aucune.

Les dossiers de Ryan sont classés par ordre chronologique. Je commence par les plus anciens. Il y a peu de photos, tant mieux. Je les détruis méthodiquement. Kaitlyn m'a expliqué que son visage n'apparaissait pas toujours, alors je n'hésite pas à supprimer tout ce qui paraît compromettant. Tant que c'est du nu, je supprime. À la fin je prends soin de vider la corbeille. Il ne remarquera peut-être pas tout de suite que ses fichiers sont très allégés, cela ressemble juste à des sauvegardes automatiques.

Je referme l'ordinateur, remet le carnet à sa place, puis décide de me laver les mains dans sa salle de bains. Je suis fière de moi, j'ai envie de sauter de joie. C'était presque trop simple, non ?

Trois coups frappés à la porte d'entrée me pétrifient. Merde, c'est quoi ça ? Un voisin qui m'aurait vue entrer ?

Je sors en vitesse de sa chambre.

— Ryan ?

Une voix féminine. Sa mère ? Non, elle ne frapperait pas. La poignée de porte s'abaisse. Oh non, je ne l'ai pas verrouillée derrière moi… La porte s'ouvre, je suis tétanisée, comme un animal pris dans les phares d'une voiture.

— Tu m'as oubl… Hé ! T'es qui toi ? Qu'est-ce que tu fous chez Ryan, s'exclame la fille.

— Moi ? Je… suis Kaitlyn, sa copine. Et toi, t'es qui ?

Puisque j'ai la même couleur de cheveux, autant en profiter.

— Cici, LA copine de Ryan.

Ben voyons, Ryan a une double vie. Décidément, ce mec est vraiment une pourriture. Je dois me sortir de ce guêpier. *Réfléchis, Thea !*

— Le salaud ! Il va m'entendre !

Je plante la fille dans l'entrée et cours jusqu'à ma voiture aussi vite que possible. Kaitlyn s'en doutait sûrement un peu. Le problème immédiat, c'est que cette Cici va s'empresser d'appeler Ryan. Et ce crétin est capable de décrocher même en étant avec son autre copine.

J'envoie un texto à Kaitlyn pour la rassurer sur la mission sans donner de détails. Inutile de la perturber pour l'instant. Elle m'adresse un « OK » dans les secondes qui suivent.

La suite du plan consiste à récupérer le téléphone portable de Ryan pour supprimer les photos qui s'y trouvent. À cette heure-ci, ils ne vont pas tarder à arriver au Sweetie Ice Cream pour leur dessert. Je me gare de façon à surveiller l'arrivée de la voiture de Ryan. J'ajuste une casquette de base-ball sur mes cheveux et des lunettes de soleil démesurées qui me mangent le visage. Ryan n'a encore jamais vu ma nouvelle couleur, j'espère qu'il ne me reconnaîtra pas au premier coup d'œil.

Je réponds au message d'Aiden qui me demande si tout va bien. Quand je relève la tête, la voiture de Ryan est en train de se garer sur le parking.

C'est reparti, je traverse la rue, alors que Ryan et Kaitlyn font la queue à l'intérieur. Kaitlyn m'adresse un rapide signe de tête, Ryan consulte le menu affiché au-dessus du comptoir. J'attrape un gobelet en plastique posé sur une table pour compléter mon déguisement.

— Arrête, Ryan, tu me fais mal ! s'exclame alors Kaitlyn.

D'où je suis, je ne peux pas voir sa tête, mais je l'imagine !

— Qu'est-ce qui te prend ? Je n'ai rien…

Je me place derrière Ryan.

— Et si je te fais pareil, tu dis quoi ? répond Kaitlyn, en le poussant sur moi.

Je râle en baissant la tête, j'ignore ses excuses puis repars vers la sortie, sans oublier de jeter le gobelet vide dans la poubelle pour faire illusion. J'espère que la dispute qui s'ensuit entre les deux me laissera suffisamment de temps avant que Ryan ne remarque la disparition de son portable. Il se trouvait dans sa poche arrière, notre « bousculade » a été fructueuse !

Mon cœur tambourine quand je tape son mot de passe d'une simplicité enfantine : 0000. Ce n'est pas très intelligent quand on a deux copines. J'ouvre sa galerie de photos, je clique sur « Tout sélectionner », puis sur « Supprimer » et, hop, le tour est joué. Encore trop facile. Une notification surgit à l'écran : « Attention, destruction définitive. Confirmez. » Je confirme.

Soupir de soulagement !

Kaitlyn me regarde à travers la vitre de la boutique, dans l'attente de mon signal. J'agite le téléphone de Ryan avec un grand sourire. Elle me sourit aussi. Je la sens transfigurée par la confiance qui revient au galop. Tant mieux. Les clients ont le regard braqué sur Kaitlyn et Ryan. Ça chauffe, on dirait. Kaitlyn crie à pleins poumons, je l'entends d'ici. Elle sort.

— C'est ça, dégage, connasse ! hurle-t-il derrière elle. Je m'en fous ! J'ai les photos, la terre entière te verra à poil !

À moi de jouer.

— Tu es si sûr d'avoir ton portable, Ryan ?

Instinctivement, il tapote sa poche arrière. Ses yeux me lancent des scuds, mais je ne me laisse pas impressionner.

— Si tu balances une seule photo, je te dénonce pour pornographie sur mineure. Kaitlyn a dix-sept ans, je te rappelle, tu ferais mieux de te tenir tranquille… Ah oui, et Cici est au courant !

Et je lui lance son portable.

— Salaud ! Je savais que tu me trompais. C'est à cause de ça qu'il m'a éjectée de sa voiture, ajoute Kaitlyn en se tournant vers moi.

— Je t'emmerde, connasse… T'as osé ramener la meuf de Parker, persifle Ryan.

— Tu me traites de connasse ? explose Kaitlyn. Pauvre mec, je vais bien rigoler quand les flics vont te balancer au trou. Regardez ce qu'il m'a fait, ce trouduc ! Il est violent ! Et ce n'est pas la première fois… N'approche plus à moins de trois kilomètres, espèce de tordu.

— Idem, Ryan : si tu touches à un seul cheveu d'Aiden ou de mes amis, je t'anéantis.

Sur ce, Kaitlyn et moi lui tournons le dos et repartons vers ma voiture. C'est une Kaitlyn métamorphosée que je ramène cette fois-ci.

— J'ai hâte d'aller porter plainte ! se réjouit-elle. Ça fait du bien de s'être enfin défoulée sur ce connard. Je te jure qu'il va pleurer comme un bébé.

— Tu as été formidable, Kaitlyn. Bravo.

— Je sais. Toi aussi… Mais n'oublie pas qu'on n'est pas copines, hein !

— Je n'oublie pas ! Du moment que tu tiens parole pour Anna.

On ne sera peut-être jamais les meilleures amies du monde, mais je la sens moins braquée contre moi. Ce qui compte surtout, c'est qu'elle soit enfin libérée des griffes de ce mec toxique.

CHAPITRE 25

J'appelle Aiden aussitôt après avoir déposé Kaitlyn. Je peux tout lui raconter maintenant. Il décroche dès la première sonnerie. Je le mets sur haut-parleur, sa voix grave emplit la voiture.

— Je suis fier de toi, mais j'aurais préféré que tu m'en parles avant, soupire-t-il.

— Tu m'aurais laissée y aller seule si je te l'avais dit ?

Silence. Je souris.

— *Hum…* tu es douée pour les cachotteries, Thea.

— J'étais agent secret dans une autre vie !

Il y a un fond sonore derrière Aiden qui se calme après quelques secondes. Je suppose qu'il est sorti pour me parler.

— Tout le monde est chez moi, tu nous rejoins ? Ça leur fera du bien d'entendre une bonne nouvelle.

— Pourquoi, ça s'est mal passé au bar ?

Aiden me raconte que le gérant a confirmé avoir vu Luke, qui a effectivement provoqué Greg. La bagarre a dégénéré, il a fallu les séparer. Les deux hommes ont été expulsés vers 16 h 20. Les images de la vidéosurveillance ont été remises aux inspecteurs de police. Luke s'est donc bien battu, ce qui ne plaide pas en sa faveur. Ce qui est certain, c'est qu'on ne sait toujours pas où était Luke au moment de la mort de Greg.

— Je connais le gars qui tient la station-service à côté de Howard. Ben est un pro de vidéo, ses caméras balayent un large rayon. Je l'ai appelé pour qu'il vérifie de son côté.

J'ai soudain comme un frisson d'appréhension. Je vérifie dans mon rétroviseur que tout est normal. Ryan me suivrait-il pour se venger ? Non, aucune voiture rouge. Je reprends le fil de la conversation avec Aiden.

— Tu en as parlé à Anna ?

— Non, j'attends d'en savoir plus. C'est juste entre nous deux pour l'instant.

Moins de cinq minutes plus tard, j'arrive chez Aiden qui m'attend dehors. Il me serre dans ses bras en me faisant décoller du sol. J'adore !

— Je suis tellement content de te revoir, Thea.

— Moi aussi. Kaitlyn est débarrassée de Ryan et Anna va pouvoir retourn… C'est elle qu'on entend pleurer ?

Aiden soupire.

— Oui. Elle est persuadée que la vie de Luke est foutue.

— On lui parle des jumeaux ? je murmure.

— Anna est trop instable et je n'ai pas encore réussi à joindre l'avocat. Je préfère attendre encore.

Je me range à son avis. Tout le monde (sauf Jason et Jackson qui planchent sur leurs devoirs, paraît-il) est rassemblé dans la cuisine. Sur la table traînent des boîtes à pizza vides. Anna ne me salue pas, mais me fixe avec des yeux tristes, dégoulinants de maquillage.

— C'était bien ton rencard avec Maléfique ? persifle-t-elle.

— Super, tu vas être éton…

— Laisse tomber, je m'en fous. Tu aurais dû être avec moi, pas avec elle.

Et elle fond en larmes. C'est vrai que j'avais promis, mais en aidant Kaitlyn, je l'ai aidée aussi.

— Je suis désolée, Anna.

— Tais-toi, je te déteste ! Tu sais que Kaitlyn a menti à sa mère pour que je sois virée, mais tu préfères t'occuper d'elle… Mais je m'en fous maintenant. Je me débrouillerai pour aider mon frère.

Comment lui expliquer si elle ne me laisse pas en placer une ? Sa réaction excessive me choque.

— Du calme, Anna, on sait que Luke est innocent, on a juste besoin de temps pour le prouver.

J'ai soudain un mauvais pressentiment.

— Vous leur avez dit que c'était à cause de nous ? demande une voix tremblante dans mon dos.

Jason, le visage blême, est là, pieds nus et en pyjama. Son frère est juste derrière lui. Les jumeaux ont tout entendu.

— On l'a pas fait exprès, ajoute Jackson.

Je crois que ma mâchoire se décroche.

— Remontez tout de suite, gronde Aiden.

— Hé ! De quoi ils parlent, tes frangins ? réagit Anna.

Les jumeaux ne se font pas prier et filent dans leur chambre.

— Ils n'ont pas fait exprès de faire quoi ? Tuer Greg ? insiste-t-elle.

On n'entend pas une mouche voler. Mon regard croise celui d'Aiden.

— C'est ça ? Les jumeaux ont liquidé Greg ? Vous le saviez depuis quand ? s'énerve Anna.

— Non, ils ne l'ont pas tué, assène Aiden.

Mon cœur cogne comme un fou. Je crois que tout le monde retient sa respiration.

— Tu mens ! hurle Anna. Tu te sers de Luke pour les protéger !

Je me jette à l'eau :

— C'était un accident… On vient de l'apprendre.

— Donc mon frère n'a pas tué Greg ! C'est formidable, il faut le dire tout de suite à la police, dit Anna, prête à partir.

— Arrête, Anna, tu vas raconter quoi ? Tu ne sais rien, s'interpose Aiden.

Anna le pousse et sort de la cuisine. Aiden la suit, j'en fais autant. Une chaise tombe sur mon passage.

— Et les jumeaux, tu y as pensé ? crie Aiden à Anna, qui a déjà la main sur la poignée de la porte. C'était un accident ! Je refuse que tu les jettes en pâture aux journalistes.

— Je préviens quand même la police.

— Non, pas tout de suite. On doit d'abord trouver une solution pour que deux gamins de neuf ans souffrent le moins possible, articule Aiden, en faisant un effort pour se contrôler.

— On verra ça quand Luke sera libéré.

— Réfléchis, merde ! Ils risquent gros, et moi aussi, je peux perdre la garde de mes frères.

Anna nous regarde à tour de rôle.

— Si je comprends bien, tu préfères que Luke porte le chapeau alors qu'il est innocent à 100 % ?

— Aiden a contacté un avocat, dis-je pour tenter de la raisonner. Il n'a pas encore répondu, cela nous donne un peu de temps pour continuer de chercher où était Luke quand Greg est mort, non ?

— Évidemment, toi tu es de son côté, fulmine Anna. Tu te contrefiches que mon frère pourrisse au trou.

— Amelia et Aiden ont raison, Anna, intervient Mason. Il faut se donner encore un peu de temps.

— C'est bon, Mason, tout le monde sait que tu es amoureux d'elle. Mais ta chère Amelia a oublié de te dire que ton père baise sa mère chaque fois qu'il est en *voyage d'affaires* ! précise-t-elle avec emphase. Ça fait des semaines qu'elle te le cache, mon pauvre vieux.

Mon cœur s'arrête de battre.

Non, elle n'a pas fait ça.

Non…

Il n'y a pas pire façon d'apprendre l'atroce nouvelle pour Mason qui me fixe, avec les yeux écarquillés.

— C'est vrai ? murmure Mason.

— Je… Brian devait t'en parler… Je suis désolée.

Mason me regarde comme s'il ne m'avait jamais vue. Comme s'il était dégoûté par celle qui se tient devant lui.

— Tu le sais depuis combien de temps ?

Je voudrais rentrer sous terre.

— Je l'ai appris quand on est partis à la maison de la plage.

— Tu le sais depuis tout ce temps-là et tu n'as rien dit… Tu me joues la comédie depuis un mois.

— Non ! J'avais peur de te blesser, Mason.

— C'est raté, Amelia.

Mon cœur se brise en mille morceaux. Mason s'en va, avant que j'aie pu trouver des paroles plus réconfortantes. Je sens mes larmes couler. Il vient d'arriver ce que je cherchais à éviter à tout prix. Mason me déteste et il a bien raison.

— Tu es fière de toi, Anna ? s'emporte Aiden.

— OK, je n'aurais pas dû, mais il fallait bien qu'il l'apprenne un jour. C'est vous les menteurs, pas moi. Vous nous cachez quoi d'autre ? conclut Anna.

Tout, à commencer par mon identité.

Julian, Chase, Noah et Charlotte sont muets comme des carpes. Aiden vient se placer devant moi, pour me protéger du regard accusateur d'Anna qui me transperce de part en part.

— Tu devrais partir, Anna, lui dit-il.

— Pas avant que tu me promettes d'aller chez les flics pour leur apprendre la vérité.

Anna le connaît mal, Aiden ne fera jamais ça, il protégera ses frères jusqu'à son dernier souffle.

— Je te promets de ne pas laisser Luke se faire condamner pour le meurtre de Greg. Donne-moi juste un peu de temps, mais je ne livrerai pas mes frères.

Annalisa le défie du regard.

— Qu'est-ce qui m'empêche d'aller leur dire moi-même ?

Si l'intensité du regard pouvait tuer, Anna serait déjà morte et enterrée.

— La police détient des preuves qui incriminent ton frère. Tu penses vraiment qu'ils vont te croire, quand tu vas les bassiner avec ton histoire de jumeaux de neuf ans qui auraient tué Greg ? Bonne chance, Anna.

— Et vous ? Vous en pensez quoi ? demande Anna en se tournant vers nos amis.

Pour éviter une nouvelle querelle fratricide, j'interviens :

— La nuit porte conseil, il y a eu assez de dégâts aujourd'hui. On en reparlera demain, d'accord ?

Ce qui laisse le temps à Aiden de joindre Alan, afin de trouver la meilleure solution pour protéger les jumeaux.

— Je vous emmerde, grogne Anna en enfilant ses chaussures. J'en ai marre de vos salades. Salut.

Et elle sort en claquant la porte. Julian se rechausse en vitesse et s'excuse auprès d'Aiden. Ne reste que Noah, Charlotte et Chase avec nous.

— Alors comme ça ta mère s'envoie en l'air avec Brian ? ironise Noah.

Raté pour la blague, j'éclate en sanglots.

— Franchement, Noah, t'es con ou quoi ? grogne Aiden en me prenant dans ses bras.

Et dire que j'étais fière de ma journée et de la nouvelle que je voulais partager… Cette soirée avec mes amis est la pire de toute ma vie.

CHAPITRE 26

Le lendemain matin, je pars très tôt pour passer chez Mason. J'ai vraiment besoin de lui parler avant le lycée. Je me sens incapable de prétendre que tout va bien, alors que je n'ai pas fermé l'œil de la nuit. J'ai une tête de zombie avec mes cernes et mes cheveux mal coiffés.

Mason a été mon premier ami, celui qui a toujours fait l'effort de me parler, d'apprendre à me connaître. Les autres, Noah, Charlotte, Chase, Anna, Julian et, bien sûr, Aiden, sont arrivés après. Mason n'a jamais failli, alors que moi, je l'ai laissé tomber quand j'ai découvert la liaison de nos parents. Je suis une amie de merde… Je dois absolument lui dire que je tiens à son amitié.

Sa voiture est dans l'allée, il n'est pas encore parti. Je ne prends pas la peine de le prévenir par texto, je frappe à la porte. Si Dylan me relocalise demain, j'aurai au moins la conscience tranquille avec Mason.

Il saura que son amitié compte tellement pour moi et que je ne voulais pas lui faire de mal.

La porte s'ouvre. Mason tient une tartine à la main. Je me lance sans perdre une minute :

— Je sais que je suis sûrement la dernière personne que tu as envie de voir, mais je veux que tu saches que je suis vraiment, vraiment désolée, Mason. Je n'ai jamais voulu te blesser, je croyais bien faire en gardant le silence. S'il te plaît, laisse-moi t'expliquer.

Sans un mot, il m'invite à entrer. C'est bon signe, je respire mieux. Mason m'observe en mastiquant sa tartine.

— J'ai surpris ma mère avec Brian le jour du départ en vacances. Tu te souviens peut-être, Aiden et moi avions fait demi-tour parce que j'avais oublié un truc chez moi. J'étais choquée, je me suis disputée avec ma mère, je ne savais pas comment t'expliquer. Je n'arrêtais pas de penser que tu me détesterais pour le rôle de ma mère dans cette histoire. Je me sentais tellement coupable que je pouvais à peine te regarder. Je suis vraiment désolée, je n'ai pas été à la hauteur de notre amitié.

— C'est pour ça que tu m'évitais, réalise soudain Mason.

— J'avais beau y réfléchir, je ne savais pas comment t'annoncer la nouvelle. Dernièrement, j'ai à nouveau surpris ton père et ma mère à la maison. Ce jour-là, j'ai demandé à Brian de t'en parler parce que tu méritais de savoir. Il a dit qu'il le ferait… Je ne voulais pas non plus que ce soit Aiden qui te l'apprenne, ce n'était pas à lui de le faire. Le hasard a fait qu'Anna a deviné, je lui ai demandé de tenir sa langue pour laisser du temps à ton père… Finalement, j'avais décidé de te le dire au mini-golf, mais les autres sont arrivés sans prévenir, je n'ai pas pu… Crois-moi, Mason, je suis sincèrement désolée que tu l'aies appris de cette façon. Anna n'avait pas le droit de se servir d'un secret qui ne lui appartenait pas.

C'est dur mais, au fur et à mesure que les mots sortent, mon angoisse diminue, je me sens plus légère, même si Mason ne dit rien.

— S'il te plaît, ne sois pas fâché, je n'ai jamais voulu te blesser.

— Ce n'est pas ta faute, Amelia. Toi au moins, tu ne trompes personne… Et pour tout t'avouer, je ne sais pas si j'aurais été capable de te l'avouer si c'est moi qui étais tombé sur eux.

Ses paroles sont une bouffée d'air frais.

— Merci, Mason ! En fait, au début, j'ai détesté ma mère et ton père de nous avoir fourrés dans une galère pareille… et petit à petit, j'ai réalisé que tout n'était pas noir ou blanc. Que ton père n'était pas forcément un monstre. C'est lui qui est intervenu pour faire sortir Aiden de prison, qui a assumé la garde des jumeaux, qui est venu nous aider quand Andrew et Harvey ont fait ce que tu sais. Si tu l'avais entendu parler aux policiers cette nuit-là… Bref, ton père n'est pas le pire des hommes, loin de là.

Mason me serre alors contre lui, dans une étreinte spontanée. C'est réconfortant, je ne m'y attendais pas du tout.

— Je suis censée te réconforter, et finalement, c'est toi qui me réconfortes ! je marmonne contre son épaule.

Son polo sent la lessive fraîche… Mon ami m'a tellement manqué.

— Entre meilleurs amis, c'est normal de se réconforter mutuellement. Amelia, moi aussi j'ai réfléchi depuis hier soir, j'ai compris, tu t'es vraiment retrouvée dans une situation difficile. C'était à mon père d'en parler… Mais, s'il te plaît, jure-moi un truc : plus jamais de malentendus entre nous, d'accord ? Tu peux tout me dire.

J'avais déjà du mal à retenir mes larmes, mais maintenant, je pleure de joie et de soulagement. J'ai l'impression que je peux enfin respirer, mais il reste encore un petit caillou qui me pèse et qui m'empêche d'être honnête avec Mason. Je ne supporte plus le mensonge. Dire la vérité a ouvert une vanne, je ne veux plus m'arrêter.

— Je suis sous protection policière en tant que témoin menacé. Un homme essaye de me tuer, il a déjà tenté deux fois. J'ai failli mourir. Quand on m'a transférée à King City, je suis devenue Amelia…

Pardon, Mason, j'espère que tu ne me détestes pas de t'avoir aussi caché ça.

Mason me fixe, bouche bée. Une porte s'ouvre sur ma gauche, Noah sort des toilettes du rez-de-chaussée. Vu sa tête, il a tout entendu. Je suis aussi choquée qu'eux.

— Pardon, bredouille-t-il. Je ne voulais pas vous interrompre… mais c'est dingue ça ! Tu es une espionne ou un truc du genre ? Ça décoiffe à King City en ce moment, d'abord Luke, après les jumeaux, Brian et ta mère, maintenant toi ! Tu t'appelles comment alors ?

— Toi et ta cervelle de moineau, soupire Mason. Réfléchis, si Amelia a une identité d'emprunt, elle ne va pas révéler qui elle est vraiment à un crétin comme toi !

— OK, OK… n'empêche, tu t'appelles comment, Amelia ?

— *Rrrrroh*, tu comptais me dire quand que Noah était planqué dans tes toilettes ?

— Je n'ai pas eu le temps, tu n'arrêtais pas de parler, et après j'ai oublié que ce con était enfermé là-dedans.

D'un côté, je panique parce que plus il y a de gens au courant, plus ils sont en danger à cause de moi. Mais de l'autre, je suis soulagée : deux de mes meilleurs amis connaissent mon secret. Je n'ai plus à me cacher d'eux. Que je reste ou que je parte de King City, trois proches savent qui je suis vraiment.

— Pourquoi Noah était chez toi ?

— Pour me convaincre de ne pas t'en vouloir.

Je fonds comme une guimauve !

— Ma mère m'a déposé tôt ce matin, m'explique Noah. J'ai détesté que tout le monde se dispute hier soir… Alors, ton vrai nom, c'est quoi ?

— C'est une longue histoire… je peux avoir un café ?

Mon portable sonne. C'est Aiden.

— Tu es où ? Les cours vont commencer et tu ne réponds pas à mes textos.

— Chez Mason, avec Noah. On va peut-être sécher le premier cours, du coup !

— Tout va bien ? me demande Aiden. Tu leur as dit quoi ?

— Tout. Ils savent maintenant.

Silence.

Noah et Mason échangent des prénoms en pariant que je m'appelle Jessica ou Danielle, ou…

— J'arrive.

Et il raccroche.

— Donc Aiden est au courant depuis le début ? m'interroge Noah.

— Pas depuis le début… Vous ne m'en voulez pas de vous avoir caché tout ça ?

— Pas du tout, répondent-ils en chœur.

— Si tu es sous protection, tu ne vas pas faire un post sur Instagram, n'est-ce pas ? résume Mason.

Et dire que j'ai passé tant de temps à paniquer et à m'inquiéter de ce qu'ils penseraient de moi s'ils découvraient la vérité. Ils comprennent, tout simplement. J'ai envie de rire et de remercier l'univers de m'avoir donné des amis aussi compréhensifs que Mason et Noah. Quand mon rire se transforme en sanglots, Mason et Noah échangent des regards paniqués.

— Pardon. Vous n'imaginez pas comme je suis heureuse de vous avoir comme amis, je bafouille. J'étais juste venue m'excuser auprès de Mason à cause de ma mère.

— T'inquiète. J'emmerde mon père, je suis triste pour ma mère, mais c'est leur mariage qui est brisé, pas le mien. Mon père s'est enfin décidé à cracher le morceau hier soir après mon retour. Il aime ta mère, ça a l'air sérieux leur histoire, Amel…

— Thea.

— Merde, j'ai oublié de parier sur Thea ! P'tit Ko est Thea ! s'exclame Noah.

— Ton père va quitter ta mère pour la mienne ? Natalia a réagi comment ?

— Bien, je crois. Ils ont discuté longtemps dans leur chambre. Ma mère est venue m'annoncer qu'elle irait chez ma tante quelque temps. C'est fini entre eux.

Cette fois-ci, je ne sais plus quoi dire. La fin du mariage des parents de Mason, ma mère qui va commencer une relation avec un homme dont les racines et le travail sont ici, à King City. Qu'arrivera-t-il si nous sommes relocalisées ? Ma mère sera-t-elle prête à s'éloigner de Brian alors qu'il quitte sa femme pour elle ?

Aiden sonne à la porte, Mason ouvre. Mon copain se précipite sur moi.

— Tu es sûre que ça va ? dit-il en essuyant une larme qui roule sur ma joue.

— Mieux, oui.

— Tu leur as dit quoi ?

— Pas grand-chose, répond Mason.

— Qu'elle s'appelle Thea ! répond Noah. Et toi, tu sais quoi ?

— Tout.

— Tout ? Et tu nous as rien dit, traître ! Tu sais que tu peux me faire confiance, hein !

— Ce qui compte surtout, les mecs, c'est de garder le secret. Vous savez faire, répond Aiden avec autorité.

— Ah ! Ah ! Je n'ai jamais dit à personne que Mason avait fait pipi dans son caleçon quand on était au CP !

— Noah, ta gueule ! explose Mason.

Éclat de rire général.

— Un type cherche à te tuer ? demande Mason, avec sérieux.

Calée contre Aiden, son bras rassurant autour de mes épaules, je me sens protégée. Je prends une profonde inspiration et me lance dans ce que je n'aurais jamais pensé faire, mais ils le méritent : je leur raconte tout.

Mason et Noah écoutent mon histoire sans piper mot. Je leur livre tout mon passé avec quelques larmes : moi, Thea, puis Isabella, Hailey, et maintenant Amelia.

Ils restent silencieux un moment.

— Je sais que c'est beaucoup

Noah et Mason échangent un coup d'œil, puis comme s'ils venaient de faire un accord tacite, ils se lèvent d'un bond et me sautent dessus, repoussant Aiden. Je suis étouffée par leur étreinte, c'est à mourir de rire.

— Wouah ! Je savais que tu étais une dure à cuire, mais alors là ! s'exclame Mason.

— Merci, les gars ! Maintenant, lâchez-moi, vous m'écrasez.

— On tend un piège à ce salopard ? dit alors Noah.

Mason approuve de la tête.

— Quoi ? Vous ne pouvez pas faire ça, non !

— Pourquoi pas ? répond Mason en commençant à arpenter le salon. C'est bizarre que ton agent Dylan et ses potes n'aient jamais rien tenté pour l'attraper.

Tu serais débarrassée depuis longtemps et tu aurais enfin une vie normale.

Aiden, qui est resté silencieux jusqu'à maintenant, s'agite près de moi.

— Je ne crois pas que ce soit légal de se servir d'un mineur comme appât, leur dit-il.

— Je peux me déguiser en blonde ! suggère Noah.

— Non, non, non, stop, vous ne faites rien de tout ça, les mecs !

— Tu n'es plus seule, Thea, répond Mason. Nous sommes trois maintenant.

— Oui, et je vote pour ! s'exclame Noah.

— Non, ce n'est pas un jeu, le coupe Aiden. C'est trop dangereux et ça mettrait Thea en danger.

— Et moi, je refuse de *vous* mettre ne danger. Vous en savez déjà trop, inutile d'aller agiter un chiffon rouge sous le nez de Tony. Et je n'ai plus confiance en Dylan.

— Pourquoi ? demandent Noah et Mason.

— Aiden et moi avons une théorie sur cette question : on pense que j'ai été placée à King City délibérément pour aider à attraper Tony, même si ce n'est pas légal parce que je suis encore mineure. Mais rien ne les empêche d'orienter Tony vers moi, « par hasard ».

— Par quel hasard ? demande Noah.

— Parce que Anna est la fille biologique de Tony.

On entend le tic-tac de la pendule posée sur la cheminée. La mâchoire de Noah est grande ouverte, Mason est statufié.

— Sa fille, siffle-t-il. OK, ça va nous servir en effet.

— Non, Mason, c'est bien trop risqué.

Je suis impressionnée par leur réaction à tous les deux, mais je ne m'attendais pas à ce qu'ils échafaudent un piège pour attraper Tony. Même si je leur fais entièrement confiance, jamais de la vie je ne voudrais les mettre en danger. Je ne me le pardonnerais jamais s'il arrivait quoi que soit.

— Pourtant, c'est simple, on n'a pas besoin des agents fédéraux. Il suffirait de créer un compte à ton nom sur S-Live Time et de publier une photo de toi. Tony te contacterait et…

— Non, gronde Aiden.

— Elle met juste son numéro de téléphone pour qu'il… ajoute Noah.

— Non ! le coupe Aiden.

— Thea, tu ne rêves pas d'une vie normale ? On peut t'aider, poursuit Noah en ignorant Aiden.

— Tu n'aurais plus besoin de déménager, dit Mason. Ta mère resterait avec mon père, elle aussi serait heureuse de rester.

Je suis muette. C'est vrai que je veux retrouver une vie normale, aller en cours, ne m'inquiéter que du prochain devoir de maths, prendre des photos avec mes amis et les publier sur les réseaux sociaux sans craindre les répercussions. Je veux passer une bonne nuit de sommeil sans prendre de somnifères par peur que Tony n'entre par effraction dans ma chambre. Je veux être comme tout le monde.

L'application est toujours chargée dans mon téléphone depuis que Charlotte me l'a emprunté. Ce serait facile de créer un compte, poster une photo et attendre que Tony m'appelle. Il sera curieux, ce sera une partie d'échecs dans laquelle il attend de voir mon prochain coup.

— Imaginons qu'il m'appelle... je commence d'une petite voix.

— T'es pas sérieuse ? m'interrompt Aiden.

— Juste pour voir, je réponds.

Aiden pousse un grognement, je sais bien qu'il ne supporterait pas que je sois simplement égratignée. Mais je déteste rester en retrait sans rien faire. J'ai envie de reprendre ma vie en main, j'en ai assez du mensonge et de la dissimulation.

Le poing levé, Noah pousse un cri de guerre quand il réalise que je viens de capituler. Mason arbore un sourire victorieux.

— Tu vas dire à Tony qu'il a une fille, il sera forcément curieux d'en savoir plus, dit Mason.

— Je préfère ne pas impliquer Anna.

Pour l'instant, celle-ci n'est pas la plus compréhensive du monde... Aiden fixe mon téléphone comme si la puissance de son regard pouvait le faire disparaître.

— Commençons par le commencement, dit Mason en sortant le sien.

Je n'ai pas le temps de dire *ouf*, avant d'entendre un clic. Il vient de me prendre en photo.

— Hé, Mason !

— Faut arrêter de tergiverser si tu veux sortir de ce merdier.

Je vois bien qu'Aiden est excédé par la situation qui lui échappe. Je bondis du canapé et suis Mason qui s'éloigne vers la cuisine.

— Si quelqu'un doit poster ma photo, c'est moi, dis-je en lui prenant son portable des mains.

La photo est immonde, j'ai une tête de lapin apeuré, Noah a l'air crétin à force de réfléchir, et Aiden est fermé comme une huître.

— Ne l'efface pas, je l'aime bien ! s'exclame Noah.

— OK, mais vous n'avez pas le droit de la poster. Je veux d'abord qu'Aiden soit d'accord avec tout ça.

Aiden vient de nous rejoindre dans la cuisine, avec mon téléphone à la main. Je n'ai pas besoin de sa permission pour faire quoi que ce soit et il le sait, mais j'ai un plan en tête et j'ai besoin d'Aiden pour que ça marche. Son visage est dur, il garde les mâchoires serrées en me fixant droit dans les yeux.

— C'est vraiment ce que tu veux, Thea ? Tu es prête pour ça ?

Le suis-je ? Je n'en suis pas sûre, mais j'en ai assez de vivre cachée, assez de mentir et de me stresser à la moindre fausse alerte. Alors, oui, je suis prête à changer ma vie. Sans le quitter des yeux, j'acquiesce avec détermination.

— *Grrr*, je déteste ça, mais si c'est ce que tu veux… d'accord, on le fait ensemble.

Après avoir élaboré notre plan et fait jurer aux deux garçons de ne rien dire à personne, je crée un compte S-Live Time sous mon vrai nom, Thea Kennedy. Je poste une photo de moi avec mon numéro de téléphone pour seule légende.

Je rentre chez moi vers midi, en faisant un arrêt au drugstore. Perdue dans mes pensées, je ne repère pas tout de suite une Porsche familière. Deux secondes plus tard, Kaitlyn sort du café voisin et me remarque près de sa voiture.

— Tu m'espionnes ? soupire-t-elle. J'ai pourtant été claire : on n'est pas copines et on ne le sera jamais.

— Mais oui, t'inquiète, arrête de radoter. Tu as parlé à ta mère ?

— Oui. Anna pourra revenir la semaine prochaine, quand la paperasserie sera terminée.

— Super. Et Ryan ?

— Il a été arrêté après ma plainte. Ma mère pense qu'il sera condamné à des travaux d'intérêt général et à une thérapie obligatoire pour apprendre à gérer sa violence.

— Tant mieux. J'ai effacé la vidéo de toi, au fait.

— OK. Salut, mon café refroidit.

Kaitlyn remonte en voiture, puis démarre sur les chapeaux de roues. C'est bizarre d'avoir une conversation presque normale avec elle au lieu de s'échanger des insultes. Mais bon, je suis contente d'avoir au moins réglé un problème pour Anna, même si elle m'ignore complètement. Je ne l'ai pas trahie pour Kaitlyn…

CHAPITRE 27

Maman est partie à l'aéroport prendre son avion, je suis seule à la maison quand mon portable sonne.

J'ai comme une intuition… c'est lui. J'ai déjà reçu plusieurs appels inconnus de plaisantins, mais cette fois-ci, des frissons me parcourent l'échine. Je décroche.

— Allô ?

Ma voix est faible et ne me ressemble pas.

— C'est idiot ce que t'as fait, dit une voix masculine.

Lui.

— Pourquoi vous m'appelez ? Vous êtes en prison, comment vous avez eu mon numéro ?

— Bécasse. Je suis en liberté sous caution. Ce n'était pas bon marché, mais au moins je suis chez moi.

Comment aurais-je pu deviner qu'Andrew serait remis en liberté sous caution et si vite ? Aiden n'en a même pas été informé, pourtant c'est crucial de le savoir pour lui et ses frères. Je m'attendais à une réaction en postant ma photo, mais pas de sa part.

— J'ai toujours pensé que tu étais louche, chère Amelia, reprend ce persifleur d'Andrew. J'en ai même parlé à mon fils avant que tu ne foutes mes projets en l'air… Mes enquêteurs ont suivi tes traces, le résultat est passionnant : mademoiselle n'existe pas, elle a surgi de nulle part cette année. Pas de photos d'école, pas de bulletins de notes, pas de numéro de sécurité sociale, rien de rien.

Je suis obligée de m'asseoir, j'en ai les jambes coupées.

— À cause de toi, ma réputation est ruinée, ma femme demande le divorce, les avocats me bouffent tout l'argent qu'il me reste. *Thea.*

— Tout ça, c'est à cause de vous ! Je vous souhaite de moisir en prison.

— Tu es une fille agaçante pour certains, Thea, poursuit ce fourbe.

Ma respiration s'arrête. Les ombres dans ma chambre ont soudain l'air suspectes, menaçantes. Je ne me sens plus en sécurité chez moi.

— Je ne sais pas à quoi tu pensais en publiant ton numéro de téléphone, mais sache qu'avec ton indicatif régional, c'est très facile de remonter jusqu'à toi. Tony doit être arrivé en ville à l'heure qu'il est.

Je saute du lit pour aller jeter un coup d'œil à travers mes stores. La rue est calme, tout le contraire de mon tumulte intérieur. Andrew ne dit plus rien, mais je perçois son sourire mauvais, sa posture jubilatoire à travers le téléphone. Il a gagné, Tony est là. C'est ce que je voulais, n'est-ce pas ? Pour en finir. Pourtant, je suis habituée à courir dans la direction opposée. Chaque fois que Tony est apparu dans ma vie, la rencontre s'est terminée dans la douleur.

Je me force à rester calme même si j'ai envie de m'arracher les cheveux, de pleurer, de hurler, de soutenir qu'il s'agit d'un mauvais rêve. Mais rien de tout cela ne résoudra mon problème ou ne le fera disparaître. Moi seule le peux.

— Allez rôtir en enfer ! je crie avant de jeter mon téléphone.

Réfléchis, Thea.

Maman est en vol, donc elle ne craint rien. La fin de cette sale histoire est proche, que j'en sorte vivante ou morte.

J'appelle Aiden qui décroche plus vite que son ombre.

— Ça va ?

Non.

— Oui… C'est parti, Aiden. Où sont les jumeaux ?

De ce point de vue, le plan reste le même : je protège mes amis. Aiden pousse une bordée de jurons. J'entends une portière claquer.

— Je viens de les récupérer à la sortie de l'école. Je les ramène chez Mason. On y sera dans cinq minutes.

Tony est-il loin d'eux ?

— Tu ne fais rien sans moi, OK ? Thea !

— Oui, oui, je ne bouge pas.

Mon Dieu, je fais quoi ?

— Je t'aime, Thea. Ça va aller.

— Moi aussi, je t'aime.

Tony est là.

On raccroche. J'enfile un pull sombre et mes chaussures de sport. Je tremble mais ce n'est pas à cause du froid. Je vérifie que tout est en place dans le couloir, chaque grincement de latte ou craquement dans la maison fait battre mon pouls comme un fou.

Tony est là.

Que faire ? Comment suis-je censée régler une situation pareille ? Il serait peut-être temps d'appeler Dylan. Même si j'ai perdu confiance en lui, il n'a jamais pointé un revolver sur ma tempe. Quand je sors le téléphone de ma poche, l'écran s'illumine. Appel inconnu. Mon sang se glace. Encore Andrew pour avoir le dernier mot ?

Ma curiosité l'emporte.

— Allô ?

Pas de réponse, chaque seconde qui s'égrène est une torture lente. Juste au moment où je pense raccrocher, il parle :

— Cela fait un bail, petite.

Tony.

— Tu n'as rien à me dire ? Pourtant, j'en ai fait du chemin pour arriver jusqu'ici.

J'essaie d'organiser mes pensées, mais elles sont trop embrouillées. Comment ai-je pu croire que je contrôlerais la situation, que je contrôlerais quoi que ce soit avec Tony ? La seule pensée qui surnage dans mon océan intérieur, c'est que je veux que tout se termine.

— Je suis fatiguée, Tony. Il faut qu'on en finisse une bonne fois pour toutes. Un seul de nous deux repartira.

— Tu as gagné en humour, Thea !

— Rendez-vous dans trente minutes au Sweetie Ice Cream, dans le centre-ville.

Il éclate de rire. Son rire sordide.

— Tu me prends pour un benêt ? Je ne vais nulle part en ville et sûrement pas dans un endroit que tu as choisi.

— Où, alors ?

Le bruit de fond me paraît familier, mais je ne parviens pas à le situer.

— Je me suis fait un ami, tu sais.

— Bravo. Pas facile pour toi.

— La ferme, la môme ! Mon ami ne t'aime pas. Ses enquêteurs m'ont dit où te trouver, et aussi un autre truc intéressant. Tu veux savoir ?

— Non.

— J'ai une autre fille. Sa mère, Elizabeth White, m'a déclaré sur l'acte de naissance il y a dix-huit ans, mais elle ne m'a jamais contacté. Andrew m'a envoyé des photos et… elle a les yeux de ma Sabrina. Les yeux de ma mère. Son visage… c'est celui de Sabrina, raconte-t-il comme s'il avait la photo sous les yeux.

J'entends une sonnerie aiguë. Ça y est, j'y suis : il est devant le lycée, à l'arrêt des autobus. *Près d'Anna.*

— J'ai hâte de rencontrer ma fille. Il paraît que tu es très proche d'elle, Thea.

Je ne suis pas préparée à ça. D'ailleurs rien n'aurait pu m'y préparer. Tony va lui faire du mal.

— Laisse-la tranquille ! On se donne rendez-vous où tu veux mais laisse-la en dehors de tout ça. C'est après moi que tu en as.

— Je fixe mes conditions : laisse tomber ton plan stupide, de toute façon j'ai ton numéro de téléphone et ton adresse. Tu viens seule. S'il y a des flics, je le saurai et c'est Anna qui payera pour ta connerie. Ou Aiden, ses frères, les amis avec qui tu traînes depuis un an, j'ai l'embarras du choix.

Rien que de l'entendre prononcer les noms de mes amis me rend malade. Il savoure déjà la douleur qu'il leur ferait subir. Le pire est en train de se concrétiser, tout cela à cause d'Andrew.

Je refuse que d'autres personnes soient blessées ou meurtries à ma place. Ni Anna, ni Aiden, ni maman ou qui que ce soit d'autre. Ma résolution est prise. Au fond de moi-même, j'ai toujours su que j'en arriverais là : ce sera juste Tony et moi, face à face.

— Où ?

— Le 42, un entrepôt désaffecté, sur la route nord-est, à cinq kilomètres de la ville.

Au milieu de nulle part.

— Je te donne trente minutes. Si tu n'es pas au rendez-vous, je rends visite à l'un de tes petits protégés.

Et il raccroche.

— Merde !

Il est quatorze heures trente. Les lycéens de King sortent… mais ceux de Commack Silver sont sortis depuis une heure. Anna aussi puisqu'elle y est encore jusqu'à la fin de la semaine. Victoire ! Tony ne verra pas Anna, en tous les cas pas pour l'instant. Je bénis Kaitlyn de l'avoir fait expulser !

Je l'appelle avant qu'Aiden, Mason et Noah ne débarquent chez moi. Et je croise les doigts pour qu'elle décroche.

CHAPITRE 28

Je contrôle les expressions de mon visage quand mes amis entrent à la maison, mais je les serre dans mes bras un peu plus fort que d'habitude. Je dois leur faire croire que je continue de suivre le plan à la lettre.

— Comment ça s'est passé le coup de fil ? me demande Aiden, en me tirant à lui. Tu vas bien ?

— Oui.

Je me domine, c'est dur mais je ne veux pas craquer.

— Tu lui as parlé d'Anna ? Vous avez rendez-vous ? demande Mason, pressé de savoir.

Son regard est aussi pénétrant que celui d'Aiden. Si je n'étais pas en plein drame intérieur, je trouverais presque drôle qu'on ait cru pouvoir contrôler la situation avec Tony, déstabiliser un homme cruel capable du pire. On est sûrement trop naïfs.

— Il sait pour Anna.

Ce qui n'est pas un mensonge.

Aiden a l'air épuisé, comme s'il n'avait pas dormi depuis des semaines. Son regard me transperce jusqu'au fond de l'âme.

— Personne ne t'oblige, on peut tout arrêter, me dit-il.

Aiden a toujours été contre notre idée, je le sais bien. Mais il est temps de mettre un terme au danger qui m'environne comme un cercle maudit. Et il est trop tard pour faire marche arrière, la machine est lancée.

— Tout ira bien, dis-je, pour lui autant que pour moi.

Son visage se crispe, son regard se durcit. *Thea, priorité à ton plan.*

Enfin, il hoche la tête en signe d'acquiescement. Alors qu'il s'apprête à suivre Mason et Noah, je l'attrape par le poignet et l'attire à moi. J'ai besoin de poser ma tête sur sa poitrine, d'écouter son cœur, lent et régulier pour me calmer. Ses bras m'enveloppent. Je lève la tête, approche mes lèvres des siennes, et l'embrasse avec tout ce que j'ai en moi, car c'est peut-être la dernière fois. Un baiser désespéré, avide, pour exprimer ce que j'aimerais pouvoir lui dire. *Je t'aime. Je suis désolée. Je ne t'oublierai jamais. S'il te plaît, pardonne-moi.* Je m'éloigne juste quand mon cœur ne supporte plus la douleur de ce qui m'attend.

Aiden dépose un baiser sur mon front puis nous rejoignons les deux autres dans ma chambre. Je me lance :

— Prêtez-moi vos portables que je vérifie qu'on a tous la même heure.

Ils me tendent leurs téléphones et je les laisse discuter, refermant discrètement la porte derrière moi. Puis je me rends dans la chambre d'amis qui est juste en face de la mienne. Je dévide la corde que j'ai déjà attachée à la poignée et attache l'autre extrémité à ma propre poignée de porte. La corde est maintenant tendue en travers du couloir.

— Thea ? appelle Aiden. Thea ! Tu fais quoi ?

Au lieu de répondre, je vérifie mon nœud. J'ai passé un certain temps à visionner des vidéos pour trouver le plus efficace, et je me suis entraînée pour être capable de le faire rapidement.

Ton plan, Thea.

— Hé ! Thea ! crie-t-il maintenant en essayant d'ouvrir.

J'essuie une larme. Je dois être forte.

— Je suis désolée, Aiden.

— Quel humour, Thea, ouvre ! braille Noah.

— Ce n'est pas ce qu'on avait décidé ! s'énerve Mason.

Mon nœud est parfait, la porte ne s'ouvre pas d'un pouce.

— Dans mon plan, si.

Première étape, réussie, s'assurer que mes amis sont tenus à l'écart et en sécurité. C'est mon combat. La deuxième étape est un peu plus compliquée : sans flics et avec Tony déjà au courant pour Anna.

— Je t'en supplie, Thea, n'y va pas seule ! hurle Aiden.

Ma résolution faiblit un instant, avant de se raffermir à nouveau : non, je ne pourrais jamais continuer à vivre s'il arrivait quoi que ce soit à mes amis. Personne ne se sacrifiera pour moi. Je suis en paix avec cette décision : mes amis, mes meilleurs amis, ne seront pas blessés à cause de moi.

Ils sont trois à frapper contre la porte maintenant, le bois tremble sous la pression.

— Ouvre cette porte ! Ne fais pas ça ! crie Aiden.

Cette fois-ci, le calme de sa voix a laissé place au désespoir. Mon cœur se serre, j'ai une boule au fond de la gorge, je dois partir. Je n'ai jamais obéi à personne de toute façon, pourquoi commencer maintenant ?

Ton plan, Thea.

— Désolée. Je vous aime.

— Thea ! Thea !

Je cours dans l'escalier, leurs voix et les coups frappés sur le bois s'estompent. Je ne sais pas si la porte tiendra encore longtemps, mais j'aurai au moins pris de l'avance.

Je dépose les trois téléphones portables sur la table de la cuisine, j'attrape mes clés et verrouille la porte derrière moi. Alors que j'ouvre ma portière, j'entends les garçons crier par la fenêtre ouverte. J'ai un instant de panique : ils ne vont pas sauter du deuxième étage ?

— J'espère que tu vas toujours au Sweetie Ice Cream ? me demande Mason.

Je les regarde une dernière fois. Tous les trois, tassés dans l'encadrement de la fenêtre, à la fois inquiets et horrifiés. Mes yeux croisent ceux d'Aiden, mon cœur se brise.

Le plan, le plan.

Sans répondre, je saute dans ma voiture et pars sans un coup d'œil dans le rétroviseur. J'ai besoin d'occulter le souvenir de leurs visages, d'ignorer mon cœur en lambeaux, de m'endurcir.

Quand je sors de ma voiture au pied de l'immeuble de Luke, Anna est déjà là. Je suis presque surprise de la voir, le ton de sa voix n'était pas encourageant au téléphone. Je suis aussi tellement soulagée que Tony ait préféré me rencontrer en premier plutôt que de la retrouver. Soulagée qu'il soit loin d'elle. Je vérifie l'heure.

Douze minutes.

C'est ric-rac, mais faisable, je suis du bon côté de la ville pour sortir. Le maquillage noir d'Anna fait ressortir ses yeux bleus. *Les yeux de Sabrina.*

— Merci d'être venue, Anna, ce ne sera pas long.

— Je suis toujours fâchée mais, puisque c'est une question de vie ou de mort, je t'écoute.

— Tu seras encore plus fâchée contre moi, mais je m'en fiche, la vérité est plus importante.

Je lui tends le dossier que j'ai trouvé chez son frère.

Onze minutes.

— C'est pour toi, lis… C'est une longue histoire. Luke pense que ton père biologique s'appelle Anthony Derosso. Son nom est sur ton acte de naissance… Je ne m'appelle pas Amelia, mais Thea Kennedy, je suis sous protection policière. Tout ce que tu sais de moi est vrai, sauf mon nom. Je n'ai jamais voulu te mentir, mais je le faisais pour te protéger, pour que vous soyez tous en sécurité.

Dix minutes.

— Ton père est un criminel, connu sous le nom de Tony Derando. Cherche-le sur Internet. S'il t'approche, fuis-le. Aiden connaît toute l'histoire, il peut répondre à tes questions si je… si je n'en suis pas capable. Je t'en supplie, ne t'approche pas de lui…

J'ai peut-être réussi à la toucher, ses yeux s'écarquillent, elle hoche rapidement la tête. Je me sens un peu mieux, j'ai l'impression qu'elle a saisi la gravité de la situation.

— Bon, euh… Je n'ai jamais eu d'amies aussi proches que Charlotte et toi. Merci, Anna.

— On dirait que tu fais tes adieux, qu'est-ce que…

Neuf minutes.

— Faut que j'y aille. Salut, Anna.

Je saute dans ma voiture et repars.

Je pourrais ne pas y aller, Anna est prévenue, elle comprendra vite pourquoi elle doit rester loin de Tony. Je pourrais décider d'aller prévenir la police, ne pas rencontrer Tony. Et ensuite ? Je continuerai de vivre dans la peur comme une fugitive ? Paranoïaque à chaque instant ? Si je commence des études universitaires, il sera impossible d'être transférée tous les quatre matins. Anna sera obligée de fuir aussi ? Non. Je reprends ma vie en main. Maintenant.

Si j'ai hésité avant c'est parce que j'ai eu du mal à faire confiance aux adultes qui m'entouraient. Je suis adulte, je vais rencontrer Tony, et je n'ai plus de plan, sa deuxième partie s'est terminée avec Anna. La première consistait à enfermer les garçons dans ma chambre. Maintenant, j'invente. On va dire que la troisième partie sera d'appeler Dylan.

Huit minutes.

Je branche mon téléphone sur haut-parleur. Les sonneries résonnent dans ma voiture. Messagerie vocale. Je raccroche, puis recommence en essayant de ne pas paniquer. Cette fois-ci, je prie pour qu'il réponde. Je n'ai plus de plan. Je devrais juste faire demi-tour.

Dylan ne répond pas, alors qu'il s'agit d'une question de vie ou de mort.

Je m'engage dans une route secondaire. Ma peur monte d'un cran, je suis seule dans cet endroit désert.

Sept minutes.

Je suis folle. Je suis en train de foncer tête baissée vers la mort. Je n'ai pas de plan et pas d'arme. Ce ne sera pas une gentille petite conversation avec Tony autour d'une tasse de thé.

Je vais faire demi-tour, aller me garer devant le commissariat et réfléchir encore un peu. Au moment de tourner le volant, je remarque une tache brillante sur la route.

Quoi ?

— Merde.

Trop tard. Je viens de rouler sur une bande de pointes métalliques. Les deux pneus côté droit claquent. Je perds le contrôle du véhicule. Les arbres se précipitent sur moi, une secousse violente me projette sur le volant, ma voiture s'arrête enfin dans un dernier cahotement. Tous les voyants du tableau de bord clignotent.

Bon Dieu.

Une douleur à la tête me lance. Je sors en me massant le front et me fige. Tony est là, de l'autre côté de la route. Les émotions déferlent.

— Alors, Thea, comme on se retrouve, hein !

Toujours aussi sûr de lui, ce maniaque. Il jubile. Trop tard pour moi, personne ne viendra me sauver.

— Depuis combien de temps tu es à King City ?

J'essaie de contrôler mes nerfs. Moi aussi, j'ai de la fierté.

Ma pauvre Thea.

— Tu es curieuse. Je suis arrivé ce matin.

Il s'approche de moi. Quelques pas seulement, mais assez pour déchaîner les battements de mon cœur.

— Bon, et maintenant ? j'articule avec difficulté.

Il approche encore. Il est toujours à bonne distance, mais elle s'amenuise inexorablement entre nous. Je recule, l'herbe haute frôle mes mollets.

— Maintenant ?

Il sourit, un rictus mauvais, qui ne présage rien de bon pour moi.

— Maintenant, je gagne.

Il sort une arme et la pointe sur moi.

Ma respiration se bloque. Je détale en courant. J'entends une détonation, mais je ne sens rien. M'a-t-il manquée ? Pourtant, il me visait. Quelque chose ne va pas. Je touche le côté de ma poitrine, sous mon bras, puis retire ma main : du sang.

Je suis touchée.

Je ne comprends pas, je n'ai pas mal. Ça devrait me faire mal, non ?

J'ai une balle dans le corps.

Je m'effondre dans l'herbe.

J'ai été abattue.

Tony m'a rattrapée. Il est maintenant à cheval sur moi. Un sourire sadique se dessine sur son visage. Il attend ce moment depuis un an. Il m'a suivie à travers tout le pays, son unique objectif était de parvenir à cet instant précis. Me voir souffrir. Me supprimer.

J'ai été abattue.

Il sort un couteau de sa botte, caresse ma gorge avec la lame.

— Tu avais raison, Thea, ça devait se finir aujourd'hui. Je finis aujourd'hui.

J'ai été abattue.

Je suis au milieu de nulle part, toute seule. J'ai enfermé mes amis. Je n'ai demandé de l'aide à personne. Dylan n'a pas décroché. Les dernières paroles que j'ai dites à ma mère avant qu'elle parte étaient à propos du dîner japonais que je commanderais. Le dernier regard d'Aiden était empreint d'incompréhension et de désespoir, comme s'il ne me reconnaissait plus. Anna connaît la vérité, mais je n'ai pas eu le temps de dire adieu à Charlotte, Chase et Julian. Voilà comment tout se termine. C'est maintenant que Tony met le point final ; aujourd'hui, j'ai perdu.

Quand il brandit son couteau, je ferme les paupières, je ne veux pas lui donner la satisfaction de voir mes yeux s'éteindre. Une douleur irradie dans ma cuisse et me donne le vertige. Je pousse un cri en rouvrant les paupières. Le couteau dégouline de sang, sa vue me rend malade. J'ai trop mal, je voudrais que ça se termine.

— Ça valait la peine d'attendre pour éprouver le plaisir de te voir souffrir, Thea, pour la…

Il y a du mouvement, puis le poids s'envole de mon corps. Tony est plaqué au sol à côté de moi. Je ne bouge pas, trop occupée à respirer.

Suis-je en train de mourir ?

— C'est toi le connard qui a violé ma mère ?

La voix est familière, pleine de rage. Le brouillard qui embrume mon esprit s'éclaircit un peu. Annalisa est près de moi. Elle frappe Tony. J'ignore où a atterri le couteau. Je ne sais comment Anna a retrouvé ma trace, mais elle est là. Elle ressemble à un ange vengeur avec sa peau de porcelaine, ses cheveux noir corbeau et la rage qui se lit sur son visage. La haine personnifiée.

— Anna ? je murmure.

Tony la repousse avec un juron et la cloue au sol. Anna crie, le bourre de coups de pied et de coups de poing, lui griffe le cou, mais il est plus gros, plus lourd, plus fort et plus en colère qu'elle. Il parvient à la maîtriser en posant son genou sur sa poitrine. J'essaie de me relever, mais je vacille en apercevant la tache rouge sous ma poitrine. Le monde tourne, je retombe dans les herbes autour de moi. J'essaie d'ignorer leur couleur verte noyée d'écarlate.

— Impressionnante ! s'exclame Tony. Tu as les mêmes yeux que ta petite sœur. Ceux de ma mère.

Ce n'était pas dans le plan. Annalisa n'était pas censée se retrouver ici. Elle avait promis de rester à l'écart de lui. Il est trop dangereux. Elle a le dossier, elle a lu toutes les informations, pourtant elle est venue. C'est qu'elle a compris qui était son père. Si seulement elle n'avait pas fait cette folie. Je devais gagner ou mourir seule en laissant mes amis en dehors de ça. En sécurité.

Je tente à nouveau de m'asseoir. Lentement, j'y arrive. J'ai aussi l'esprit plus clair. Anna crache à la figure de Tony :

— Je t'emmerde !

Elle le repousse à deux mains, il perd l'équilibre, mais se rattrape, sort un revolver et frappe Anna d'un coup sec sur le crâne. Elle s'effondre et saigne du front.

Le choc me paralyse. Non, Anna n'est pas… Pas à cause de moi.

— Petite garce, éructe Tony, l'arme braquée sur elle. Tu n'es pas ma fille.

Plus de temps à perdre, tout est clair comme de l'eau de roche. Je me suis assez gâché la vie en ayant peur de lui. Fini les cauchemars, fini les amitiés perdues, cela se termine maintenant.

Avec ce qui me reste de forces, je rampe jusqu'à lui, j'attrape sa jambe et la tire brusquement. Dévié, son tir va se perdre dans les arbres. Tony tombe sur le flanc. La déflagration fait bourdonner mes oreilles, mais je m'en fiche. Le besoin d'en finir enfle à l'intérieur de moi, consume chaque fibre de mon être.

Je vais le tuer. Je dois le tuer. J'ai besoin de sa mort.

Je cherche l'arme autour de moi, puis l'aperçois enfin. Une douleur cuisante m'élance dans la cuisse quand j'étire le bras pour l'attraper. Ce sadique m'a poignardée au même endroit que la dernière fois. Il vient d'enfoncer ses doigts dans la plaie, la douleur est insoutenable.

— Pourquoi tu ne meurs pas ? grogne-t-il.

Je tente de repousser sa main. Le sang gicle. L'arme est hors de portée, à la fois si proche et trop loin. Ma jambe est en feu. Anna a besoin de soins. Je ne veux pas mourir. Il me faut cette arme parce que je n'ai pas la force de maîtriser Tony. Il me faut une arme, et ce revolver est là, qui me nargue.

Essaye encore, Thea. Il te reste ton autre jambe. Je repousse Tony à coups de pied, ignorant la brûlure de ma cuisse, la douleur dans mes côtes, me concentrant sur le bout de mes doigts qui grignotent des centimètres pour se rapprocher de ce foutu revolver. Je sens un maillon glisser dans mon cou.

Mon collier.

Aiden.

Au lieu de continuer à lutter, j'arrache le collier de mon cou, appuie sur le bouton qui libère la lame et poignarde Tony en pleine gorge. Ce n'est pas une grande lame, mais elle est tranchante et s'enfonce entièrement. Ses yeux s'écarquillent, il relâche sa prise, je respire mieux. Aiden n'est pas là, mais il me sauve toujours.

Je m'éloigne pour aller ramasser le revolver, mais voilà que Tony se redresse sur ses pieds, la petite lame toujours fichée dans sa gorge. Un filet de sang coule le long de la chaîne dorée. Sa blessure n'est pas assez profonde pour le tuer. Elle l'a juste distrait. J'entends bien des pneus crisser sur l'asphalte, mais je reste concentrée sur Tony. Son visage est crispé de fureur. Je saisis l'arme, le fixe droit dans les yeux et tire en pleine poitrine. J'appuie encore sur la détente. Puis une troisième fois.

Tony s'arrête dans son élan. Le temps est suspendu. Son regard s'attarde sur le mien, puis il s'effondre. Enfin. L'arme me tombe des mains. Je réalise que c'est moi qui ai appuyé sur la détente, moi qui ai rayé Tony de la surface du globe, moi qui ai provoqué la mare de sang qui se forme lentement autour de son corps. À nouveau, je me concentre sur ma respiration.

Anna est toujours allongée sur le sol, les yeux fermés comme si elle faisait une sieste. Je rampe jusqu'à elle et m'effondre, épuisée.

Je tâtonne pour trouver la main d'Anna et la serrer dans la mienne. Elle est venue pour moi. Pour me soutenir, malgré sa colère. Anna m'a sauvée, sans elle je serais morte.

Je fixe le ciel bleu, mes yeux dérivent au rythme des nuages qui apparaissent dans le ciel. J'entends mon nom.

— Thea ! Thea !

Ce doit être mon imagination. On dirait la voix d'Aiden, mais pas tout à fait. Mon Aiden est confiant, sa voix est dure comme le roc, inébranlable, profonde, il concentre l'attention de tous ceux qui l'entourent. Cet Aiden-là a l'air éperdu. Désespéré.

Ma vision devient floue, la sensation de la main d'Anna dans la mienne faiblit, la voix crie plus fort, ou elle est plus proche peut-être. Je ne peux pas lui répondre, la lumière s'éteint.

Obscurité.

CHAPITRE 29

La lumière va et vient. J'ai les paupières si lourdes, et des bribes de souvenirs apparaissent. Aiden parlant à des médecins. Ma mère en pleurs, assise près de moi. Des bouquets de fleurs.

Soudain, je n'ai plus les paupières lourdes. Je rouvre les yeux dans l'obscurité. Je suis allongée dans un lit qui n'est pas le mien. Quand je tourne la tête, je vois maman, endormie dans un fauteuil à côté de moi. Un rayon de lune éclaire la chambre.

— Maman ?

J'ai la voix rauque. Quand je veux me frotter la gorge, je sens que mon bras n'est pas libre. Je vois des tubes, j'en attrape un pour me dégager de son emprise mais une main m'arrête.

— Thea ? Tu es réveillée ! Comment te sens-tu, ma chérie ? On a eu tellement peur pour toi. Cela fait des jours que j'attends ce moment !

Elle me serre avec précaution dans ses bras.

— Des jours ?

J'ai du mal à parler. Maman le remarque.

— Attends, je vais demander de la glace à l'infirmière. C'est à cause de l'intubation pendant l'opération. Surtout, ne tire pas sur les tubes.

L'intubation. Maman a filé en laissant la porte ouverte. La lumière du couloir dessine un rectangle sur le sol. Les souvenirs reviennent doucement. Les bips du moniteur à côté de moi s'accélèrent. Je me souviens de l'appel d'Andrew. Aiden, Noah et Mason enfermés dans ma chambre. Anna. Mes pneus éclatent. Tony. L'arme que j'ai braquée sur Tony.

Où est Anna ?

Maman revient avec une tasse, remarque les bips du moniteur cardiaque puis se précipite vers moi. C'est presque étrange de la voir si inquiète, si concernée. Elle lit sûrement dans mes pensées parce qu'elle me dit d'une voix apaisante :

— Tout va bien, Thea. Tony est mort. J'ai moi-même identifié son corps. Tes amis, Anna, tout le monde va bien.

Tony est mort. *Mort.* Anna est en vie.

Je n'ai plus à me cacher. Je n'ai plus à avoir peur. Je n'ai plus besoin d'être Amelia.

Maman me tend un glaçon à sucer.

— Il s'est passé quoi ? Il m'a tiré dessus ?

Maman me caresse les cheveux, écarte une mèche de mon front. Un geste étrangement réconfortant, maternel. Ses lèvres tremblent, elle se retient de pleurer.

— On devrait attendre le médecin.

— Maman, dis-moi ce qui s'est passé.

— La balle a perforé ta cage thoracique sans toucher le poumon. Une chance incroyable. Mais tu as perdu beaucoup de sang à cause de ta blessure à la jambe. Heureusement qu'ils sont arrivés à temps…

Qui ? Personne ne savait où j'étais et Dylan n'a pas décroché. Pourtant je me souviens d'une voix avant que tout devienne noir. Aiden ? Je ne rêvais pas ?

Maman est bouleversée. Ses yeux sont rouges et cernés, ses cheveux et ses vêtements négligés. Depuis combien de temps est-elle à mon chevet ?

— Les policiers ont dit qu'il se servait d'un 9 mm. Les balles restent intactes au lieu… d'exploser à l'intérieur du corps… ce qui aurait fait encore plus de dégâts. Repose-toi, Thea…

Sa voix se brise. C'est presque étrange de l'entendre m'appeler Thea. Cela fait si longtemps.

— Où est Anna ? Elle m'a retrouvée comment ?

Maman remonte les couvertures, arrange mon oreiller. Mes paupières s'alourdissent à nouveau. Tout est si calme dans cette chambre.

— Elle va très bien. Son traumatisme crânien est minime… Je suis tellement désolée, ma chérie. Je m'en veux terriblement… Moi qui croyais te protéger. Tu as perdu confiance en moi, par ma faute. Je t'ai abandonnée face à ce monstre… Mais c'est fini, je vais m'occuper de toi, quitter ce boulot pour ne plus être obligée de voyager loin. Toi et moi, on va remonter la pente ensemble.

Tout ce que je suis capable de faire, c'est de la regarder avec de grands yeux. Il aura fallu que je frôle la mort pour retrouver ma mère. Je ne suis plus en colère, juste heureuse. Mes relations avec elle vont enfin s'apaiser grâce à nos effort respectifs. Ma mère n'a pas toujours pris les meilleures décisions, je ne lui ai pas toujours rendu la vie facile. Mais j'ai vraiment envie qu'on reconstruise nos vies ensemble.

— Je suis si fière de toi, murmure-t-elle. Dors, ma chérie.

Je suis désolée sont les derniers mots que je perçois avant de sombrer.

*

Quand je me réveille, le soleil brille, maman est près de moi, et sirote un café. Je me sens beaucoup mieux.

— Bonjour, ma puce. Le médecin voudrait t'examiner, je vais le chercher.

Elle quitte la chambre. J'en profite pour observer la pièce à la lumière du jour. Il y a une profusion de bouquets de fleurs et quelques animaux en peluche. Maman revient, accompagnée par un médecin au sourire chaleureux. Il me parle, mais c'est surtout maman que j'écoute. Une histoire d'antibiotiques, de points de suture à retirer et de soins. Maman fait assez attention pour deux, hochant la tête, posant des questions, prenant des notes, même si je suis sûre que ce n'est pas la première fois qu'on lui rappelle ce genre d'instructions. Maman est là maintenant, vraiment là, je lui fais confiance pour enregistrer les consignes importantes, veiller sur moi, me rappeler quoi faire. Pendant ce temps-là, mon esprit peut vagabonder.

Tony est mort. C'est fini.

Le médecin m'examine, retire certains tubes, continue de parler à maman.

Je n'ai plus besoin de me cacher. Plus besoin d'être paranoïaque, de regarder par-dessus mon épaule, d'être terrifiée à l'idée de tout gâcher. Le médecin me salue puis s'en va.

On frappe. C'est Aiden derrière la vitre. La tête me tourne.

Maman se penche près de mon oreille.

— Il ne partait que lorsqu'on l'y obligeait. Tes autres amis sont venus aussi.

Sur son beau visage, l'inquiétude est gravée dans chacun de ses traits. Il entre, Annalisa le suit.

— Thea… enfin, souffle-t-il.

Aiden vient poser son front contre le mien. C'est doux et tendre, je pleure. Quand je l'ai quitté, j'ai pensé ne jamais le revoir. Il est là, il est toujours avec moi.

— Je devrais te sonner les cloches pour être aussi têtue, mais je suis trop content que tu aies enfin ouvert les yeux, dit-il d'une voix qui me réchauffe. Tu m'as vraiment fait peur.

Son regard plonge dans le mien.

— Comment tu te sens ? demande Anna.

Aiden s'écarte légèrement, la chaleur de son corps continue d'irradier. Maman s'éclaircit la gorge.

— Je descends reprendre un café.

— D'accord.

Je lui suis reconnaissante de me laisser seule avec mes amis. J'essaye de faire le tri dans toutes mes émotions afin de les exprimer correctement.

— Et toi, Anna, comment vas-tu ?

La dernière fois que je l'ai vue, elle gisait inconsciente et ensanglantée, sa main froide dans la mienne.

— Bien, juste une commotion cérébrale et quelques points de suture. Mais toi, sérieux ? Je t'ai vue te faire tirer dessus !

Je jette un coup d'œil à Aiden qui serre les mâchoires. Son tic nerveux.

— Comment tu as réussi à être là juste à temps ? Tu m'as sauvé la vie, Anna

— Non, *tu* m'as sauvée. Moi, j'ai tout foiré pour te sauver.

Je ne suis pas d'accord, mais j'insiste pour obtenir des réponses. Elle n'est pas maquillée, c'est étrange de la voir sans son fard à paupières noir d'encre et le trait d'eye-liner qui le rehausse. Elle a l'air en forme, sans ecchymoses ni coupures visibles, mais je la trouve plus pâle qu'à l'accoutumée.

— Je t'ai suivie, dit-elle avec aplomb. Tu étais bizarre avec tes histoires de protection de témoins, mon père biologique et tes adieux. C'était facile sur cette route secondaire. Les arbres me cachaient un peu. Je venais de prendre le dernier virage quand je l'ai vu te tirer dessus.

Les larmes me montent aux yeux. Malgré sa colère, Anna n'a pas hésité à venir à mon secours.

— Merci, Anna, tu as été très courageuse. Je suis désolée pour tous les secrets que je t'ai cachés.

Elle hausse les épaules, m'adresse un petit sourire. Je la trouve différente, plus vulnérable.

— C'est moi qui ai été super garce avec toi. Je n'aurais jamais dû réagir comme ça quand j'ai su pour les jumeaux ou pour Kaitlyn. Je dois apprendre à fermer ma grande gueule et laisser les autres s'expliquer. Je me suis excusée auprès de Mason. Le pauvre, j'ai eu tellement honte de moi.

Anna prend ma main dans la sienne. Le contact est totalement différent, chaud, fort, rassurant.

— On a eu des moments difficiles, mais tu sais que je t'adore, hein ! ajoute-t-elle.

J'éclate de rire, mais les secousses réveillent ma douleur. Anna m'a sauvé la vie après avoir osé attaquer son père biologique.

— Moi aussi, je t'adore. On va trouver une solution pour ton frère dès que…

Anna et Aiden échangent un regard, avant que celui-ci se lance :

— Luke a été innocenté, Thea. Tu te souviens, je t'ai parlé de Ben, qui tient la station-service près de Howard et qui a un super système de vidéosurveillance. Il a vérifié sa vidéo et elle est très claire.

— On y voit mon frangin en train de ronfler sur un banc de dix-sept heures trente à dix-neuf heures trente. Donc, il avait bien un alibi. Les médecins légistes ont rouvert le dossier et conclu que ce n'est pas la bagarre, mais la chute qui a causé la mort de Greg.

Son sourire s'agrandit quand Anna ajoute :

— Luke est libre.

— Et les jumeaux ?

— On a décidé de garder le secret. On mourra avec.

Derrière la solennité de ses mots, je sens qu'elle nous a pardonné, à Aiden et à moi.

— On a tous juré de ne rien dire, ajoute Aiden.

— Moi aussi, je le jure.

Je ne l'aurais jamais fait, mais je le promets quand même. C'est important pour moi qu'Aiden sache que je suis de son côté, que je le soutiens et que je protégerai les jumeaux. Moi aussi, j'emporterai ce secret dans ma tombe.

Nous avons vraiment gagné alors ? Luke est libre. Les jumeaux ne feront pas sensation dans les médias et n'auront pas de sanction pour avoir gardé l'accident secret. Tony est mort. Anna est heureuse. Mes amis sont en sécurité. Même Kaitlyn et moi sommes en bons termes ! Ma vie est-elle enfin devenue normale ? La folie, le drame, les secrets, les mensonges sont-ils enfin terminés ?

Aiden ne m'a pas quittée une seule fois des yeux, les miens sont scotchés aux siens

— Bon ! Je vais vous laisser un peu tranquilles, je reviendrai plus tard. OK, Amelia… non… Thea ?

Nous sommes enfin seuls. Aiden rapproche un peu sa chaise du lit.

— Je suis encore en colère contre toi de ne pas m'avoir laissé t'accompagner, mais je reconnais aussi que je ne suis pas surpris.

Les souvenirs remontent : moi, en train de lui prendre son téléphone pour l'enfermer dans ma chambre avec les garçons. Mes joues s'échauffent, j'ai un peu honte. Je devrais lui présenter mes excuses, mais je ne suis pas désolée. Si c'était à refaire, je recommencerais. Je ferais n'importe quoi pour empêcher mes amis de se mettre en danger en danger à cause de moi. Donc non, je ne me sens pas si mal à l'aise de l'avoir tenu à l'écart, mais je regrette d'avoir été obligée de mentir.

Aiden se penche sur moi, le visage à quelques centimètres à peine du mien.

— Je n'en reviens pas que tu aies osé m'enfermer comme Ethan Moore ! Remarque, j'ai eu de la chance que ce ne soit pas dans un placard à balais !

Enfin, il sourit. Mais cela ne dure pas.

— Mais quand je vous ai retrouvées dans cette mare de sang, Thea… Tu n'imagines pas. J'ai cru que c'était trop tard.

Aiden était vraiment là ? Je ne divaguais pas sur un Aiden imaginaire.

— Comment tu as fait pour sortir et me retrouver ?

J'ai à nouveau les yeux qui se remplissent de larmes. Sa main serre la mienne encore plus fort, une sensation formidable.

— J'ai explosé ta porte quand tu as quitté l'allée avec ta voiture, répond-il d'une voix calme, comme si c'était naturel de défoncer une porte.

— Et après ?

Aiden était là. Aiden m'a sauvée.

— Chez Mason, quand tu t'es disputée avec lui et Noah à propos de la photo qu'il avait prise de toi, tu as laissé ton portable sur la table du salon. Tu étais tellement décidée à n'impliquer personne, alors… une sorte de sixième sens sûrement, j'ai activé l'appli de suivi pour connaître tes déplacements. J'ai aussi copié le numéro de Dylan.

Je suis sans voix. Aiden et sa volonté viscérale de me protéger contre le monde entier.

— Tu savais que je ne respecterais pas le plan...

— *Je* ne voulais pas suivre ton plan. J'avais l'intention de t'emmener au poste de police pour qu'on appelle Dylan. Noah et Mason m'énervaient à se comporter comme des justiciers invincibles. Tu t'es écartée de ton plan plus tôt que prévu ! J'aurais dû le prévoir, tu ne m'écoutes jamais et tu as cédé à Mason et à Noah bien trop vite.

Il sourit.

— J'ai appelé Dylan juste avant de sauter dans ma voiture pour te retrouver. Il te suivait aussi. Je suis arrivé quelques minutes avant lui et les autres.

— J'ai été débile de me précipiter dans les griffes de Tony...

Mais je voulais tellement reprendre ma vie en main.

— Quand j'ai réalisé mon erreur, j'ai voulu faire demi-tour, mais c'était trop tard. J'ai roulé sur le piège de Tony, mes pneus ont éclaté.

Sa main presse la mienne.

— Je sais, Thea, je sais.

Son autre main se pose sur ma joue et me caresse.

— Tu m'as sauvé la vie, tu sais, je murmure.

Sa main se fige.

— Non, Thea, vraiment pas. J'aurais dû mieux te protéger et je ne t'ai pas sauvé la vie, tu t'es toi-même sauvé la vie.

Ses mots me serrent l'estomac. Au fond de moi, je n'ai jamais pensé que j'y arriverais moi-même, que je trouverais la force d'appuyer sur la détente au moment crucial

— Je me suis servie du collier que tu m'as offert à Noël. Sans lui, je n'aurais pas pu m'en sortir. Et tu es arrivé à temps, avant que je ne perde trop de sang. Tu m'as sauvée, Aiden.

— Je suis juste content que tu sois là. En vie.

La voix d'Aiden est douce, ses yeux brillent d'émotion.

— Je t'aime, Thea. Tu es la personne la plus forte, la plus belle et la plus coriace que je connaisse !

Je ris. Même si je ne me sens ni forte, ni belle, ni coriace, je sais qu'Aiden pense chacun de ses mots.

— Je t'aime aussi, Aiden.

— Toc, toc ! dit une voix amusée.

Je suis choquée de voir l'agent Dylan entrer dans ma chambre.

— Comment ça va ? me demande-t-il en déposant un ourson en peluche à côté d'un vase de lys.

Je ne sais pas trop comment réagir à son égard. D'un côté, il s'est servi de moi pour se rapprocher d'Anna et n'a pas répondu à mes appels ; de l'autre, il est arrivé à temps et a écouté Aiden.

— Je ne suis pas au mieux de ma forme, mais j'ai connu pire, je déclare, mi-figue mi-raisin.

— Je te laisse avec Dylan, je reviens plus tard, d'accord, Thea ? propose Aiden.

Il m'embrasse. Un petit baiser bien trop chaste et rapide à mon goût. Dylan me montre la chaise qu'Aiden vient de quitter.

— Je peux ?

Sans préambule, je mets les pieds dans le plat :

— Vous m'avez envoyée à l'abattoir ici, auprès d'Anna, au cas où Tony la chercherait ? Vous avez subi des pressions pour agir comme ça ?

— *Hum*, je vois que tu as une théorie.

— Elle est vraie ?

Dylan soupire.

— Oui. Mes supérieurs m'ont mené la vie dure, mais tu n'as pas été placée à King City pour servir d'appât. Quand on a découvert que Tony avait une autre fille, on a pensé que ce serait plus facile de veiller sur vous deux si vous étiez ensemble. On n'utilise pas les mineurs comme appâts pour des hommes dangereux comme Tony.

Je digère lentement ses paroles.

— On ignorait surtout que vous deviendriez amies, reprend-il. Deux témoins protégées s'alliant pour attaquer Tony. Bravo les guerrières, vous avez réussi sans notre aide.

— Euh… j'en aurais eu bien besoin.

— Si Aiden n'avait pas appelé… cela aurait été bien pire, Thea. L'ambulance est arrivée juste à temps.

Je marmonne un « d'accord » parce que je n'ai pas vraiment envie d'en rediscuter. Je ne l'ai pas appelé alors que j'aurais dû. Je ne lui ai pas donné la chance d'élaborer son propre plan, un plan qui aurait probablement évité tout ce que nous avons traversé… On ne peut rien changer à cela, et ce qui compte, c'est qu'on ait été sauvées, Anna et moi.

Son visage devient sérieux.

— Mais je suis désolé que tu aies pu penser que je te laissais tomber en ne répondant pas à tes appels. Je les ai manqués. J'étais en train de rassembler mes troupes. Tu ne répondais plus quand j'ai rappelé… Nous aurions dû être là.

Il s'en veut vraiment. Ce n'est pas sa faute, c'est la mienne.

— Vous n'y êtes pour rien. Merci d'être arrivé à temps.

Nous restons silencieux, chacun de nous deux perdu dans ses pensées. Dylan a l'air de détester la façon dont tout s'est déroulé, et moi j'aurais aimé avoir plus confiance en lui.

— Il est vraiment mort ?

J'ose enfin prononcer ces mots.

— Oui. Tu n'as plus besoin de t'inquiéter.

Je ressens un choc. J'ai vu les balles se loger dans la poitrine de Tony, maman a dit qu'elle avait identifié son corps, Dylan confirme. Il est mort pour de vrai. Suis-je vraiment libérée ? Je me souviens de l'autre appel téléphonique reçu ce jour-là. Puis-je faire confiance à Dylan ? Il remarque mon trouble.

— Qu'est-ce qui ne va pas, Thea ?

Je décide que je peux lui faire confiance et lui raconte les menaces et le rôle d'Andrew dans l'arrivée de Tony, à King City. Dylan m'écoute avec attention et promet de s'en occuper. Cette fois-ci, je le crois. Il se lève pour reboutonner sa veste.

— Je te laisse te reposer. Le processus pour vous libérer du programme de protection de témoins est enclenché. Ta mère n'a plus qu'à signer quelques papiers et tu seras à nouveau Thea Kennedy.

J'en ai les larmes aux yeux, je me force à ne pas pleurer, mais ma voix me trahit quand je le remercie. Il hoche la tête puis quitte la pièce. Je le regarde sortir avec émerveillement.

Je suis Thea Kennedy.

*

Deux semaines plus tard, je peux enfin quitter l'hôpital. Maman m'a autorisée à inviter mes amis, qui sont tous venus me voir pendant mon hospitalisation. Charlotte, Julian et Chase ont été surpris par mon histoire, mais ils ont fini par comprendre que j'étais la même personne. Ils ont juste besoin de s'habituer à mon prénom. On a pris plein de photos puisque j'ai le droit maintenant…

J'étais surtout soulagée qu'ils ne soient pas en colère contre moi pour leur avoir caché un si grand secret. Ils se sont montrés compréhensifs. « Fuir un dangereux assassin est une bonne raison », a dit Charlotte.

Maintenant nous sommes rassemblés autour d'un jeu de société dans le salon. Cela fait des heures qu'on discute des règles, personne n'est d'accord ! C'est bizarre d'être moi-même avec eux, mais cela me paraît aussi tout à fait normal. Je suis contente de vivre au grand jour, d'être avec ceux que j'aime sans craindre qu'ils ne soient blessés à cause de moi.

Annalisa, Charlotte, Mason, Noah, Chase, Julian, Aiden. J'ai de l'amour pour chacun d'eux. Je les ai rencontrés par hasard et c'est la meilleure chose qui me soit arrivée dans ma vie.

J'entends la porte s'ouvrir, Brian vient de rejoindre maman. Ils entrent bras dessus bras dessous dans le salon.

— Hé, les jeunes, on pourrait disposer de Mason et Thea, s'il vous plaît ? demande Brian.

Maman a l'air détendue. Mason a parlé à tout le monde du divorce de ses parents, de Natalia qui a récupéré leur maison et expulsé son mari. Brian a emménagé ici. C'est étrange de le voir chaque jour dans la cuisine pour le petit déjeuner ou le dîner, devant la télé chaque soir avec maman, comme s'il était installé depuis toujours. C'est encore plus étrange quand il propose de m'aider pour mes devoirs de maths, quand il me rapporte mon smoothie préféré ou quand il me rappelle de ne pas oublier mes médicaments. Comme s'il voulait être… mon père ? Ou du moins, une figure paternelle. C'est étrange, mais je reconnais que je ne déteste pas. Mason a toujours soutenu que son père était un « bon père », je reconnais qu'il a raison. Brian a été lamentable dans sa façon de traiter Natalia, mais dans la vie, rien n'est jamais ni tout à fait bien ni tout à fait mal. Il y a parfois un juste milieu.

Nos amis se lèvent pour partir.

— Je t'appellerai plus tard, me glisse Aiden avant de m'embrasser. Et toi, je te verrai à la maison, bouffon, ajoute-t-il pour Mason.

Je ne sais pas si Aiden s'habituera, il a encore du mal, je le sens bien, mais après les épreuves que nous avons traversées, il a vendu sa maison et accepté la proposition de Natalia d'emménager chez elle. Natalia en avait parlé à plusieurs reprises, et elle adore Jason et Jackson. Comme Mason et les jumeaux étaient enthousiastes, Aiden a accepté. Il est soulagé de ne plus avoir à se soucier d'argent, ce qui est un énorme poids en moins. Il peut redevenir lui-même, mon Aiden.

Maman raccompagne mes amis, puis revient s'installer à côté de Brian.

— On a besoin de vous parler, annonce celui-ci, énigmatique.

Mason m'aide avec mes béquilles, on s'assoit face à nos parents respectifs. Il en a voulu à son père au début, cela va un peu mieux maintenant. Ils leur faudra du temps pour retrouver la relation qu'ils avaient avant. Mason a besoin d'accepter, de pardonner à Brian d'avoir blessé Natalia et de leur avoir menti à tous les deux. Ils sont tout de même capables de se parler parce qu'il faut amorcer un retour à la normale.

Blottis l'un contre l'autre, maman et Brian se tiennent par la main. Ils dégoulinent de bonheur, c'est parfois agaçant de les voir se comporter comme deux ados.

Brian s'éclaircit la gorge.

— Euh… ce n'est pas facile à…

— Je suis enceinte ! s'exclame maman.

Boum. La Terre s'arrête de tourner. Mason est statufié près de moi.

— Pas possible, je balbutie. J'ai vu le test de grossesse, il était négatif.

Maman pose la main sur son ventre. Je réalise que ce geste est devenu fréquent chez elle, ces derniers temps.

— Pardon, ma chérie. Je voulais t'en parler avant, mais on n'arrêtait pas de se disputer. Après, il y a eu ton hospitalisation, je ne voulais pas compliquer ta guérison par du stress supplémentaire.

Mason et moi échangeons un regard horrifié.

— C'était négatif, je répète bêtement.

— Quand je t'attendais, le premier test avait aussi été négatif, mais je connais mon corps, je suis enceinte. Le médecin a confirmé ma grossesse après une prise de sang. Brian et moi allons élever ce bébé ensemble à King City.

Du coup, moi aussi je vais rester ici. Jusqu'à maintenant, j'avais trop peur de demander où nous irions une fois que je serais rétablie. Je ne tenais pas du tout à retourner où j'ai grandi, ce n'est plus chez moi. Ma maison est ici, avec mes amis. Je n'ai plus à craindre de les quitter.

— Mason, je sais que ça fait beaucoup à encaisser, mais je suis vraiment heureux, reprend Brian. Cela ne change rien à mon amour pour vous, les enfants, c'est juste la famille qui s'agrandit.

Wouah.

Ma mère nage dans le bonheur, Brian aussi, Mason est trop choqué. Il s'inquiète sûrement de la réaction de Natalia quand elle l'apprendra.

— Bon… euh, félicitations, dis-je en donnant un petit coup de coude à Mason.

— Ah, oui… félicitations.

— Vous avez des questions ? demande Brian.

Des tonnes.

Mason et moi secouons la tête : non.

— Bien. On vous laisse digérer tout ça, d'accord ? suggère Brian. N'hésitez pas si vous avez besoin de nous, on est en haut.

Et ils disparaissent. Nous restons assis en silence. *Un bébé dans cette maison ? Et Mason devient mon frère ?*

— Quand Noah va apprendre qu'on est demi-frère et demi-sœur, il va péter un câble ! plaisante Mason pour détendre l'atmosphère.

J'éclate de rire. Notre camaraderie reprend le dessus.

— Tu en penses quoi ? je demande.

— Je ne sais pas trop. C'est bizarre de savoir que tu es ma demi-sœur.

— Pareil pour moi…

— Tu sais que je t'ai toujours aimée, dit-il soudain.

J'écarquille les yeux. Qu'est-ce que ça vient faire dans l'histoire ?

— Je t'ai toujours aimée, Thea, enchaîne-t-il, mais toi tu seras toujours amoureuse d'Aiden, je le sais aussi. Je l'ai accepté, je suis en paix avec ça maintenant. Je pensais qu'il te connaissait mal, j'ai découvert que c'était le seul à te connaître. Vous êtes faits l'un pour l'autre. Et moi, je t'aimerai toujours, comme une sœur… que tu vas devenir bientôt à cause des deux pigeons là-haut.

Il rit maladroitement.

— Mason, tu sais que je t'ai toujours considéré comme mon frère. Que nos parents officialisent ou non ne change rien, je t'aimerai toujours aussi.

*

Me voici enfin de retour au lycée. Je suis heureuse de traverser la cour, d'ouvrir mon casier, d'entendre le brouhaha et les bavardages. Ma bonne humeur n'est même pas entamée quand j'aperçois Kaitlyn et Makayla, au détour d'un couloir.

Je suis Thea Kennedy.

Aiden m'attend, ses larges épaules étirant sa chemise, son beau visage concentré sur son téléphone. Je m'approche et le bouscule, un peu comme lors de notre première rencontre, mais cette fois-ci, mes affaires ne s'éparpillent pas partout.

— Tu l'as fait exprès ou quoi ? demande-t-il en haussant un sourcil.

La tentation de rejouer la scène est trop forte, je n'y résiste pas.

— Si tu n'avais pas traversé comme un bulldozer, je n'aurais pas été obligée de me dévier pour t'éviter !

Les sourcils d'Aiden se froncent, mais ses lèvres ébauchent un sourire en coin.

— Qu'est-ce que tu… ?

Je brandis mon nouvel emploi du temps, identique à l'ancien, mais avec *Thea Kennedy* inscrit dessus.

Je bouillonne d'excitation, parce que je suis dans ce lycée avec Aiden et mes amis. Plus de secrets. Plus de fausse identité. Plus de meurtre à résoudre. Plus de politicien corrompu. Juste deux ados qui vont en classe selon leur routine du matin.

Je n'aurais jamais imaginé que ce jour arriverait.

Ma vie ne sera peut-être jamais tout à fait normale, et sûrement pas ennuyeuse, mais ces derniers mois m'ont appris que je peux tout affronter avec ceux qui m'aiment, du moment qu'on est ensemble.

— Désolée. Je m'appelle Thea Kennedy, c'est mon premier jour. Tu pourrais me dire où se trouve la salle 341, s'il te plaît ?

FIN

REMERCIEMENTS

Mettre un point final à une série est toujours difficile, rédiger les remerciements sans oublier aucun de ceux qui ont contribué à la rendre possible est encore plus difficile.

Les premières personnes que je tiens à remercier, c'est vous, chers lecteurs. Merci d'avoir choisi cette série et rejoint Amelia et ses amis dans leurs aventures. Je n'avais jamais imaginé devenir écrivaine, mais quand j'ai commencé à écrire pour le plaisir sur Wattpad et que vous avez apprécié et encouragé mon histoire, j'ai réalisé que je serais capable de poursuivre dans cette voie de l'écriture. Alors merci de m'avoir accompagnée sur cette route. Si vous n'avez jamais entendu parler de moi sur Wattpad mais que vous avez acheté mes livres récemment, merci aussi ! J'espère que vous avez aimé les lire autant que j'ai aimé les écrire. Je vous suis éternellement reconnaissante pour votre amour et votre soutien.

Merci à mes formidables parents, Carmela et Bruno Cunsolo. J'ai caché mes écrits pendant des années, puis un jour, maman est tombée dessus et a « sournoisement » commencé à les lire (j'étais au courant !). C'était et ce sera toujours pétrifiant que ma mère lise mes histoires, mais je sais aussi qu'elle me soutient inconditionnellement. Merci d'être restée éveillée jusqu'à trois heures du matin pour me relire, de m'avoir encouragée à poursuivre et initiée à l'amour des livres quand j'étais enfant.

Mon père n'est pas un grand lecteur de romances Young Adult, il n'a jamais lu mon travail (du moins pas à ma connaissance). S'il te plaît, papa, ne change pas (et surtout, ne lis pas les scènes de baisers !). Mon père n'a jamais eu besoin de connaître les détails pour croire en moi et en parler à ses amis. Il est fier, et quand les gens lui demandent s'il a lu mes livres, il répond toujours « J'attends de voir le film ». Sony Pictures Television développe *She's With Me* pour la télévision, et mon père a toujours su que cela finirait par arriver. Il croit en moi de tout cœur, et je serai toujours reconnaissante. Papa et maman, vous êtes les meilleurs parents de tous les temps.

Merci à mon frère, Michel. Tu n'as pas lu mes livres, mais tu m'as soutenue à ta façon.

Merci à mes grands-parents, *zias*, *zios*, mes cousins, toute ma famille, mes voisins et mes amis. C'est intimidant mais cela signifie aussi beaucoup lorsque vous lisez mes histoires. Merci pour tout votre amour et votre soutien.

Merci à mon copain, Mario, et à sa famille. Vous m'avez soutenue dès le jour où je vous ai raconté l'intrigue. Merci de croire en moi, en mon histoire, et de la partager. J'en suis certaine, vous détenez le record du plus grand nombre d'exemplaires de mes livres achetés par une seule famille !

Merci à Wattpad Books pour avoir choisi cette série et la partager avec le monde entier. Merci à toute l'équipe d'avoir travaillé si dur pour en faire un si grand succès. Merci à l'équipe marketing, aux concepteurs, aux typographes, à l'équipe des réseaux sociaux et à toutes les autres personnes en coulisses. Merci également à ceux travaillant au siège de Wattpad pour m'avoir soutenue ainsi que mon livre, et à Wattpad Studios pour l'avoir lu et présenté à Sony. Merci également à Sony Pictures qui a perçu le potentiel de mon histoire et l'a choisie parmi des millions d'autres.

Merci à l'incroyable et talentueuse I-Yana Tucker, qui m'épaule depuis cinq ans (depuis le 30 août 2016). Merci pour tout, toi qui te bats pour moi, cours dans tous les sens pour éteindre les incendies, gères les petits détails comme la couleur des fleurs que l'on m'envoie. Je n'aurais pu imaginer cette expérience sans toi.

Cette série a parcouru un long chemin depuis ses débuts, quand j'ai commencé à l'écrire à dix-sept ans. C'est grâce aux incroyables éditeurs qui ont mis la main à la pâte. Merci à Adam Wilson, éditeur extraordinaire, et à Rebecca Mills, reine de l'édition. Un merci particulier à Deanna McFadden. Je t'ai fait entièrement confiance pour tes modifications et suggestions, et cela se voit dans l'ouvrage final. Merci de croire en moi, même lorsque mon perfectionnisme prend le dessus ou que je t'envoie un e-mail affolé à trois heures du matin pour demander un délai supplémentaire pour d'autres modifications (LOL !). J'apprécie ton travail acharné.

Merci à mes amis auteurs et écrivains. Vous avez fait toute la différence cette année. L'écriture est déjà une activité solitaire, mais le confinement n'a rien arrangé. Grâce à vous, je ne me suis jamais sentie seule, j'ai toujours trouvé quelqu'un avec qui parler, rire, partager mes idées et taper avec frénésie pour les transcrire. À tel point que je ne me souviens même plus de ce que prendre son temps pour écrire veut dire. C'est fou de penser que, avant, on était seul chez soi du lever au coucher sans parler à personne. Merci à mes amis de #TeamNoSleep : Jordan, Sydni, Kenadee, SJ, Laylaa et Lauren. En plus de vous avoir parlé chaque jour depuis que je vous ai rencontrés, je vous ai forcés à rester avec moi jusqu'à deux heures du matin, des semaines d'affilée, alors que je réécrivais ce livre. Vous m'avez aidée à rester saine d'esprit.

Merci à mes amis de #TheATeam : Andi, Van, Emily, Ava et April. Quelle que soit l'heure de la journée, l'un de vous (quand ce n'était pas vous tous) était toujours là pour sprinter avec moi. Merci à Rodney V (V pour Vampire !). Non seulement pour sprinter avec moi, mais aussi comme puits de connaissances dans n'importe quel domaine, et toujours prêt à les partager avec l'écrivaine dans le besoin que je suis. Je sais que je peux toujours me tourner vers toi pour des conseils ou un mot d'encouragement. Merci également aux nombreux écrivains qui sont toujours heureux d'en aider un autre, et à tous mes amis écrivains qui font la promotion de mon histoire, de mes nouvelles et de mes annonces. Je ne peux pas vous nommer tous, on y passerait la journée, mais je vous apprécie énormément.

Comme c'est la fin d'une série que certains suivent depuis des années, j'avais organisé un événement particulier pour mes lecteurs : le 13 mars dernier, sur Instagram, je les ai encouragés à partager et à écrire ce qui leur plaisait dans mon histoire. Je comptais publier leurs réflexions, mais j'y ai renoncé : j'ai reçu plus de trois cents commentaires ! Je vais donc énumérer au hasard vos prénoms en guise de remerciement pour votre intérêt et les mots sympathiques que vous m'avez laissés. Je ne peux inclure tout le monde, vous êtes trop nombreux, mais sachez que j'ai lu tous les commentaires et que j'ai aimé et apprécié chacun d'eux. Merci à Lucy, Yashvi, Katie, Leah, Sherry, Cassidy, Dinisha, Jen, Janvi, Samara, Ananya, Nishi, Claire, Nicki, Kayla, Nandika, Juliana, Ella, Cristina, Brianna, Jensen, Madisyn, Emma, Stephanie, Kruthika, Khulood, Revati, Gillian, Hannah, Breyanna, Alefiyah, Alexia, Ruby, Andromeda, Andrea, Freya, Mai, Mehek, Jamie, Zero, Amy, Liberty, Sierra, Reagan, Scarlett, Amirah, Sidney, Chloe, Heather, Aysel, Mary *et tant d'autres*. Sincèrement, si je pouvais lister tous vos noms, je le ferais.

Merci à tous ceux qui choisissent mes livres, vous êtes les meilleurs.

DÉCOUVREZ SANS ATTENDRE
UN EXTRAIT D'UN AUTRE ROMAN

UN VISAGE POUR DEUX 1

DE LYLA MARS

1

Tout sauf lui

Procéder étape par étape, procéder étape par étape… D'abord trouver *sa* chambre et l'y attendre. Je resserre un peu plus fort mes doigts autour de la lanière de mon sac, pour ce qui me semble être la millième fois. J'avance sans vraiment trop savoir où aller, dans les allées plongées dans une lumière tamisée. Tous ces gens. Tous ces regards. Tous ces couloirs inconnus… Ma respiration s'accélère, mon ventre se noue. J'ai beau étirer et replier mes doigts, inspirer et expirer, ce stress est toujours là, bien collé à ma cage thoracique.

Du calme, Megh. Tu vas y arriver. Reste concentrée.

J'inspire une grande bouffée d'air. Même si je n'ai absolument jamais fonctionné comme ça – rien prévoir et me lancer dans l'inconnu – il faut que je sache me maîtriser, que je garde le nord à tout prix. Galvanisée, je traverse le vaste couloir, la tête toujours baissée pour passer inaperçue.

— Jonathan !

Oh putain !

— Tu nous dis pas bonjour, mon pote ?

Non, je n'ai rien entendu. Je n'ai rien entendu du tout.

Je continue ma route en priant pour que le mec qui vient de m'apostropher m'oublie déjà. En fait, j'ai beau essayer d'être discrète, à chaque coin de casier on braille « John ! » ou « Jonathan ! ». Je réponds par de vagues gestes de la tête, des petits sourires mais… wouah, on me prend vraiment pour *lui* alors ? C-C'est bon ?

Reste concentrée, Meghan. Rien n'est sûr. Reste concentrée.

Je redresse les épaules et accélère le pas. Alors que j'allais m'engager dans une allée, je m'arrête net. Des éclats de voix viennent de résonner dans le corridor, se distinguant parfaitement du brouhaha général. Une voix familière.

— Jonathan ! Eh ! Jonathan !

Un jeune homme hurle depuis l'autre bout du couloir, en venant à moi. Plus il s'approche de mon corps cloué au sol, plus mon hypothèse se confirme…

C'est bien lui.

L'étudiant qui beugle le nom de mon frère dans tout le campus comme un ivrogne, sans la moindre gêne, n'est autre que Jacob, son colocataire. Celui qui a sans doute passé bien plus de temps que moi avec lui, ces dernières années.

De toute l'académie, il est probablement celui qui le connaît le mieux ; c'est la raison pour laquelle j'avais prévu que, après avoir trouvé la chambre de John, je l'attendrais là-bas pour lui expliquer toute la situation. C'est son meilleur ami : c'est le seul en qui je peux avoir confiance pour réussir à mettre mon plan à exécution.

Pourtant, de toutes les personnes que j'étais en mesure de croiser ici, c'est bien lui, *Jacob*, que je ne voulais pour rien au monde rencontrer – ou plutôt revoir. Oui, je ne peux pas le nier, tout au fond de moi je redoute ce moment… mais il est imminent : Jacob se tient face à moi. Un grand sourire barre son visage dont il a visiblement décidé de cacher l'arrogance intrinsèque, aujourd'hui.

Allez, Meghan, c'était prévu de toute façon. Tu ne peux pas *l'éviter… surtout quand il est juste à trente centimètres.*

Il me regarde dans les yeux avec un soleil peint sur le visage. Il est déjà venu chez nous. Il m'a donc déjà vue, il sait à quoi je ressemble… Alors pourquoi est-ce qu'il ne m'a pas déjà reconnue ? Mon jumeau et moi nous ressemblons comme deux gouttes d'eau. Bien que ses traits soient androgynes, presque féminins, quand on me voit à côté de lui, on peut dire que c'est moi la fille. Je compte sur le fait que personne à West Point ne m'a jamais vue pour que ça fonctionne ; pour qu'on me prenne pour lui.

— Ça fait un bail ! s'exclame Jacob avant de me serrer dans ses bras.

Il se défait de notre étreinte très rapidement – Dieu merci – et me secoue les épaules, me balançant de droite à gauche.

— Tu m'avais pas dit que pendant le *break* tu travaillerais pour essayer de gagner du muscle ? dit-il d'un ton facétieux. On oublie ses objectifs, hein, Monsieur Jones ?

— Euh… En fait, Jacob, je…

Je m'apprêtais à poursuivre, mais l'expression de son visage m'arrête d'emblée : son sourire se fige. Je ne vois que son regard se déplacer le long de mon corps puis sur chaque recoin de mon visage ombré par la visière de ma casquette. Ses yeux se plissent avant de s'écarquiller brusquement.

— Attends, mais c'est quoi ce délire ?… (Il marque un temps de pause, éberlué.) Meghan ?

— Mais ne parle pas si fort, merde ! T'as vu le monde qui nous entoure ?

— Mais qu'est-ce que tu fous là ?

— Je ne peux pas t'en parler là, maintenant… dis-je en lançant des regards appuyés autour de moi pour lui faire comprendre.

— Bon, très bien.

Sur ces mots, il m'entraîne au fond d'un couloir désert, où se trouve un petit débarras. Après en avoir refermé la porte derrière moi, le brun s'y adosse en croisant les bras sur son torse, plantant presque avec violence ses yeux dans les miens. Je retire ma casquette et lui rends son regard avec le même mordant. Même si ça fait plus de deux ans que je ne l'ai pas vu, il est toujours le même, à quelques détails près. Sa musculature s'est considérablement développée et ses cheveux noir de jais, plus longs qu'avant, sont maintenant coiffés insoucieusement. Sa mâchoire est plus présente et sa stature plus haute. En somme, il a gagné en maturité, physiquement… J'espère de tout cœur pour lui que mentalement aussi.

— Alors ? Tu m'expliques ce que tu fais là ? m'interrompt-il dans ma réflexion, en prenant étrangement une intonation sévère. Il est où, Jonathan ?

— Il est chez nous, réponds-je du tac au tac.

À l'heure qu'il est, il doit sûrement se demander où je suis et péter un gros câble sur tout le monde.

— Et pourquoi ?

— Disons que…

Je me tais un instant, réfléchissant aux mots les plus justes pour ne pas l'affoler.

— J'ai pas ton temps, moi, Meghan… répond le jeune homme, impatient.

— C'est compliqué à expliquer… mais ce qui est sûr, c'est qu'il ne pourra pas revenir ici, Jacob.

Il hausse subitement les sourcils. Une lueur de curiosité brouillée par l'inquiétude a pris place dans ses prunelles ocre.

— Comment ça, « il ne pourra pas revenir ici » ? I-Il ne m'a rien dit… Est-ce qu'il va bien ?

— Disons que… que c'est rien de grave.

— « Rien de grave » ?

— Tout ce que tu as besoin de savoir, c'est qu'il ne pourra pas revenir ici avant un bon moment, Jacob. Et, je te le dis, il ne sera pas sur pied avant vos examens, dans trois mois. Tu le sais mieux que moi : même avec un certificat médical, s'il n'est pas là pour les passer… il perd sa place.

En entendant ces mots, ses sourcils se froncent de confusion. Je peux voir d'ici les pensées fuser à toute allure sur son visage. Il finit par s'exclamer :

— Je ne comprends toujours pas ta présence ici. Enfin si… mais j'espère *vraiment* que je me fais des idées, Meghan.

— Et pourtant je suis bien là. Je suis venue pour passer la fin du semestre à sa place… peut-être aussi les examens, si jamais il n'est toujours pas apte à revenir.

Il me regarde avec une insistance déstabilisante, le visage grave ; il a sûrement pris conscience de l'urgence de la situation. En un claquement de doigts, tout un tas de questions surgissent dans mon esprit pourtant presque asphyxié par le stress.

Qu'est-ce qu'il pense de tout ça ? Qu'est-ce qu'il va me dire ? Mais, surtout, va-t-il accepter de m'aider ?

Tout à coup, un rire rauque s'échappe de ses entrailles. Il se met à rire avec une condescendance qui me noircit les idées.

— Alors en gros tu veux te faire passer pour ton frère, un *mec*, sans aucune expérience dans le domaine militaire ? Et à quel moment le réveil va sonner ?

— Fous-toi de moi, allez…

Comme si c'était le moment pour se taper des barres ! C'est confirmé : il n'y a bien que son physique qui a gagné en maturité.

— Je ne me moque pas, je dis la vérité ! C'est complètement fou, ce que tu fais ! Tu devrais rentrer chez toi, sérieusement…

Entendre quelqu'un d'autre que soi le dire est plus dur à encaisser que je ne le croyais. J'ai l'impression qu'on vient de me gifler.

— Je sais pertinemment que c'est de la folie, réponds-je. Mais je me dois au moins d'essayer ! Pour John !

Abandonnant sa mine narquoise, il lâche d'un ton tranchant :

— Mais t'es sérieuse, là ? Tu réalises ce que t'es en train de faire ? Tu te pointes ici en pensant que la vie est rose, que tu as les capacités d'un étudiant de troisième année et crois pouvoir réussir ?

— Évidemment ! rétorqué-je dans la seconde, irritée par ses mots – par la vérité.

— J'en reviens pas… Elle est sérieuse en plus !

— Mais c'est bien ce que je te dis depuis tout à l'heure, idiot !

— « Idiot » ? C'est toi qui débarques ici en pensant qu'on est dans un film et c'est moi l'idiot ?!

— Visiblement !

Je fais un pas vers lui, le menton levé, sans lâcher un millimètre de ses yeux. Notre première rencontre a eu lieu il y a deux ans, lors de son séjour à San Francisco. John avait eu la bonne idée de l'inviter chez nous pendant leurs congés de printemps. Nos rapports n'avaient pas été très amicaux, ni même cordiaux en fait. Et depuis, ça n'a pas vraiment changé à ce que je vois… Il y a toujours cette animosité spontanée entre nous, on ne peut s'empêcher de renchérir encore et encore, obstinés à avoir le dernier mot.

— Bon bah puisque que tu as l'air de maîtriser la situation, n'est-ce pas, je vais te laisser, répond Jacob. Allez, *ciao*.

Sur ces mots, il tourne les talons et s'en va ouvrir la porte. Tout redescend subitement dans ma tête.

Merde.

Je ne peux pas le laisser s'en aller comme ça… J'ai clairement *besoin* de son aide. Sans lui, tout mon plan pourrait être foutu. Même si ma gorge va s'enflammer pendant les dix prochaines secondes, je dois le faire pour John.

— Attends, Jacob !

Toujours de dos, il tourne la tête vers moi.

— Je… Désolée.

Ses iris me scrutent pendant un instant, puis il lâche d'une voix monocorde :

— D'accord.

Alors, il ouvre la porte, complètement indifférent à mes excuses – que je regrette profondément.

C'est une blague !

— Jacob ! l'appelé-je d'une voix ferme. Reviens, c'est sérieux tout ça !

Tout en poussant un long soupir, il daigne pivoter pour me faire face. Il s'humecte les lèvres et lâche :

— Écoute, Meghan, honnêtement, ce que tu fais, c'est de la merde. Retourne à San Francisco reprendre ta petite vie avec tes super amis dans ta super fac, parce que West Point, c'est pas ce que tu crois. C'est l'armée, ici. C'est clairement pas ton monde.

Pas mon monde.

Je ne le supporte pas, alors pourquoi ses paroles ont-elles autant d'effet sur moi ? Ne devraient-elles pas à peine me parvenir ? Au contraire, j'ai l'impression qu'elles sont trempées dans un liquide toxique qui est déjà en train de se répandre partout en moi.

— Mais va te faire foutre ! Je vais y arriver et sans l'aide de personne. Encore moins la tienne.

— Ah, parce que tu croyais que je te la proposais ?

Ma main me démange tellement j'ai envie de la lui coller sur la joue, d'un mouvement souple et vif.

— Sur ce, je vais te laisser. Je te souhaite une excellente journée à West Point, Meghan.

Je croise les bras contre ma poitrine en le dévisageant. Je m'apprête à répondre mais il ajoute sur un ton moqueur :

— Ou devrais-je dire, *Jonathan.*

Et il me gratifie d'un clin d'œil appuyé.

— Pareillement, répliqué-je avec le même sourire agaçant.

Ce n'est que quand la porte du cagibi se referme que je réalise que je suis *vraiment* dans une *sacrée* merde. Je serre les poings.

Jacob ne veut pas m'aider. OK, très bien.

Même si ce n'était absolument pas prévu, on fera sans lui… Oui, je peux parfaitement me débrouiller seule – bien que ce ne soit « pas mon monde ». Ma casquette enfoncée sur la tête, je sors du placard et déambule dans les couloirs à la recherche des dortoirs : je dois gagner la chambre de Jonathan. Je sais qu'il la partage avec Jacob et un autre garçon dont le nom m'échappe.

Alors que je marche en direction de la sortie du bâtiment A, une voix m'appelle à nouveau :

— Jonathan ! T'es là, mec ! Comment ça va ?

« Mec ». J'en ai des frissons. Un grand blond vient à ma rencontre ; je toussote aussitôt.

— Super ! Et toi ?

Il me regarde presque de travers, intrigué, je crois, par mon visage.

— Y a un truc qui a changé… J'sais pas quoi, mais y a un truc, conclut-il après sa minutieuse observation.

hachette s'engage pour l'environnement en réduisant l'empreinte carbone de ses livres. Celle de cet exemplaire est de :
450 g éq. CO_2
Rendez-vous sur www.hachette-durable.fr

PAPIER À BASE DE FIBRES CERTIFIÉES

Pour l'éditeur, le principe est d'utiliser des papiers composés de fibres naturelles, renouvelables, recyclables et fabriquées à partir de bois issus de forêts qui adoptent un système d'aménagement durable. En outre, l'éditeur attend de ses fournisseurs de papier qu'ils s'inscrivent dans une démarche de certification environnementale reconnue.

Composition et mise en pages : Nord Compo
Achevé d'imprimer en Espagne par Rodesa
Dépôt légal 1re publication février 2022
86.6691.1 – ISBN : 978-2-01-714037-5
Édition : 01 – Dépôt légal : janvier 2022